http://www.bbulmedia.com

神兵刃器

신병이기

신병이기

1판 1쇄 찍음 2014년 7월 2일
1판 1쇄 펴냄 2014년 7월 7일

지은이 | 예가음
펴낸이 | 정 필
펴낸곳 | 도서출판 **뿔미디어**

편집장 | 이재권
기획 · 편집 | 윤영상
편집디자인 | 김병희

출판등록 | 2002년 9월 11일 (제1081-1-132호)
주소 | 경기도 부천시 원미구 상동로 117번길 49(상동) 503호 (우)420-861
전화 | 032)651-6513 / 팩스 032)651-6094
E-mail | bbulmedia@hanmail.net
홈페이지 | http://bbulmedia.com

값 8,000원

ISBN 979-11-315-2574-6 04810
ISBN 979-11-315-0007-1 04810 (세트)

神兵刃器

신병이기

예가음 퓨전 판타지 장편 소설

목차

제30장
대체 무슨 일이 벌어진 거야!

뚜뚜뚜뚜—

심박수를 알리는 숫자가 계속해서 떨어지고 있었다.

응급실 한쪽에서는 의사와 간호사들이 쉴 새 없이 움직였다.

"ICH(대뇌내출혈)인가?"

"그건 아닌 거 같습니다."

"갑자기 쓰러졌다면서?"

"아직 CT가 나오질 않아서 확실하진 않지만······."

"뭐야! 환자가 도착한 지가 언젠데, 아직 사진도 확인하지 않았다는 거야?"

"일단 피검사랑 심전도는 검사를 마쳤습니다."

"그래서 SDH(경막하출혈)이야, 아니면 EDH(경막외출혈)이야?"

"그것도 아직……."

바로 그때였다.

또 다른 의사 한 명이 급히 달려오더니 그들에게 CT사진을 건네주었다.

이를 확인하는 의사들의 얼굴이 심각하게 변해 가는 걸 유진과 그녀의 친구들은 초조한 심정으로 바라만 보았다.

푸른빛이 감도는 환자복을 입은 채 병원 침대에 누워 있는 택중은 이때에도 몸을 떨면서 의식을 차리지 못하고 있었다.

"이게 뭐야! 아무 이상이 없잖아! 그런데 증상은 왜 이런 건데! 뇌 쪽도 아니고, 심장마비도 아닌데 갑자기 쓰러지다니! 무슨 이런 개 같은 경우……."

사진 판독 결과가 마음에 들지 않는지, 발끈해서 소리치던 의사가 유진을 보고는 말끝을 흐렸다.

어려 보이긴 했지만, 일단 택중의 보호자로 따라온 유진이었기에 그녀가 있는 데서 함부로 얘기한다는 게 마음에 걸린 까닭이었다.

"큼, 일단 지켜보도록 하지."

이렇게 얘기하고 돌아선 의사들은 유진을 스쳐 지나갔다.

"혈중 알콜 농도도 정상인 거 같으니, 아무래도 ADI(급성약물중독)일지도 모르겠군."

"혈액 검사에서는 아무것도 검출되지 않았는데요?"

"자네 지금 몇 년 차지?"

"2…… 2년 차인데요?"

"쯧쯧, 보게. 세상에 존재하는 약물들이 병원 내 준비된 시약에 모두 바응한다고 생각하는 건가?"

"그럼……?"

"그야 알 수 없지. 뭐, RD(호흡곤란)은 아니니까, 밤새 어떻게 되지는 않을 걸세. 정확한 것은 아침에 허 교수님 오시면 알 수 있게 되겠지. 그때까지 더 이상 악화하지 않도록 조치하는 게 지금으로선 최선이라는 얘길세."

워낙 소곤거리며 말하는지라, 유진의 귀에 제대로 들리지 않아서 무슨 말들을 하는지 알아들을 수가 없었다.

하지만, 한 가지만은 확실히 알 수 있었다.

지금 택중의 상태가 절대로 정상은 아니라는 것이었다.

'대체 무슨 일인 거지?'

학교에 있을 때만 해도 정상이던 사람이 갑자기 힘없이 쓰러져 의식을 잃다니.

유진은 이해하기 어려웠다.

'혹시 지병이 있었던 걸까?'

문득 그녀의 뇌리에 엄마 아빠의 얼굴이 떠올랐다.

'오빠가 잘못되면 어떡하지?'

순간 눈가가 촉촉해지며 물기가 어렸다.

바로 그때였다.

"으…… 음……."

병상에서 들려오는 신음.

유진이 재빨리 고개를 돌려 택중을 바라보았다.

그때, 택중이 힘겹게 눈을 떴다.

정신이 든 것이다.

"아! 오빠!"

유진이 그에게 달려들려고 했지만, 그녀는 그럴 수 없었다.

때마침 택중 곁에 머물던 간호사들이 빠르게 모여들었기 때문이다.

곧이어 의사들도 몰려들었다.

그러는 사이, 택중은 완전히 의식을 차렸다.

"으……. 대체 이게 어떻게 된 일이죠?"

그가 물었고, 의사 한 명이 대답했다.

"선생님께서는 의식을 잃고 쓰러지셨습니다. 기억나지 않으십니까?"

신병이기

택중은 기억하지 못했다.

하지만 지금 누워 있는 장소를 확인하는 것만으로도 충분히 인지했다.

'정말인가 보네. 근데 왜 쓰러진 거지?'

의식을 잃기 전에 머리가 지끈거렸던 것은 기억하지만, 그 이후로는 기억이 없다.

게다가 원인도 알지 못한다.

이제껏 돈 때문에 병원 문턱을 넘는 것이 무서워서 약국만 드나들었지만, 그럼에도 그는 자신이 너무나 건강하다는 걸 잘 알고 있었다.

감기?

그딴 건 일 년에 한 번 걸릴까 말까 한 거다.

위장병?

먹고 죽을 것도 없는데, 무슨……!

그럼에도, 하루 세 끼는 꼬박꼬박 챙겨 먹기에 위장이 탈 날 일은 없었다.

피로?

어릴 때부터 노동으로 단련된 몸이 피로를 느낄 까닭이 있나!

그렇다고 술을 즐겨 하는 것도 아니기에 간이 나쁠 이유도 없다.

일을 하다 보면 여기저기 까지고 다치는 일도 있었지만, 그야 안티푸라민을 발라 주고 파스를 붙이는 걸로 충분했다.

그런 택중인지라 아무리 생각해도 이상하기만 하다.

'대체 내가 왜 쓰러진 거지?'

고개를 갸웃한 그가 사람들 너머로 유진을 발견하곤 반색을 했다.

"아! 유진아!"

끄덕.

유진이 울먹거리는 얼굴로 고개를 끄덕이자, 택중이 웃으며 뒷머리를 긁적거렸다.

"울지 마! 오빠 괜찮다니까!"

그러면서 침대에서 내려오려 했다.

"안 됩니다!"

"……?"

"완전히 이상이 없는지 알기 전에는 퇴원하실 수 없습니다!"

의사들과 간호사들이 만류하자, 택중이 어이없다는 듯 혀를 차더니 침대에서 훌쩍 뛰어내렸다.

그러곤 양팔을 붕붕 돌리며 외쳤다.

"제가 아픈 사람으로 보여요?"

신병이기

제자리에 풀썩 엎드려 팔굽혀펴기를 해 보이며 소리쳤다.

"내가 당신들보다 백배는 건강할걸요!"

벌떡 일어난 택중이 온몸을 관절을 풀면서 빙그레 웃었다.

"이제 가도 되겠죠?"

하지만 의사들로서도 함부로 그를 보내 주기엔 무리가 있었다.

"정밀 검사를 받기 전에는……."

"……정밀 검사?"

"예. 이제까지의 검사로는……."

"에엣? 검사라고요?"

"그러니까, CT라든가 혈액 검사에는……."

"헉! 그 비싼 CT촬영을 했다는 말인가요?"

택중의 반문에 할 말이 없어진 의사.

어이없다는 듯 그를 바라보는 의사를 향해 택중이 따지듯 물었다.

"대체 누구 허락을 받고 함부로 CT를 찍었다는 말이에요!"

"그야 서류에 사인을 했으니까……."

"그러니까! 누가! 사인을 했느냐 말이에요!"

그때였다.

유진이 앞으로 나섰다.

"내가 했어."

"······!"

택중은 황당한 얼굴이 되었다가 이내 말을 바꿨다.

"잘했어! 그렇게 뭐든지 신속하게 결정을 내릴 수 있어야 하는 거야! 하하하! 의사 선생님 촬영해 주셔서 감사합니다!"

만족스럽다는 듯 웃음을 지어 보이는 택중이었다.

$$* \qquad * \qquad *$$

유진과 헤어져 집으로 돌아온 택중은 방으로 들어갔다.

그리고 피곤했는지 죽은 듯이 잠들었다.

다음 날 아침.

오빠 언능 일어나! 아잉~ 언능~!

스마트 폰에서 알람이 터지고 있었다.

뒤적거리며 일어나지 않던 택중이 어느 순간 게슴츠레 눈을 떴다.

어제의 피곤이 가시지 않았던 걸까.

택중은 중얼거렸다.

"하늘 참 파라네."

그래도 나쁘진 않다.

자다가 눈을 떴는데, 눈이 시리도록 푸른 하늘이 보인다는 건······.

"······?"

하늘이 보여?

혹시 내가 바깥에서 잠이 든 걸까?

이상하네!

어제, 분명 곧바로 병원에서 집으로 왔고, 견인차를 시켜 자신의 트럭을 가져오는 것까지 확인하고 잠이 들었는데······.

그렇다면?

번쩍.

일순을 눈을 부릅뜬 택중이 눈을 깜박였다.

"왜?"

하늘이 보이는 건데?

벌떡 일어난 택중이 주위를 돌아보았다.

그러곤 곧바로 외쳤다.

"끄아아아! 이게 뭔 일이야!"

타다 만, 기둥.

뻥 뚫린 지붕.

자신의 집이 확실했지만, 완전히 달라진 모습이었다.

"끄워어어어어!"

절규가 절로 터졌다.

택중이 두 손으로 머리를 붙잡고 짐승처럼 울부짖고 있을 때였다.

"고 공자는 아직 발견되지 않았는가!"

어디선가 들려오는 음성에 택중이 고개를 쳐들었다.

그러다가 한 사내와 눈이 마주친 그였다.

"응?"

"고 공자님!"

무치였다.

그는 눈을 동그랗게 뜨고 택중을 보다가 진지한 눈빛이 되어 고개를 끄덕였다.

그 모습이 꼭 이렇게 말하고 있는 것 같았다.

'살아 계셨군요!'

택중이 물었다.

"대체 이게 무슨 일이에요!"

무치가 간단하게 설명했다.

"집이 홀랑 탔습니다."

꾸욱.

택중이 주먹을 움켜쥐며 몸을 떨었다.

"집이 타요? 왜요?"

"그건⋯⋯."

바로 그때 다른 쪽에서 익숙한 음성이 들려왔다.

"습격이 있었어요."

은설란이었다.

휙!

바람을 일으키며 고개를 돌린 택중.

그가 황당하다는 얼굴로 그녀를 쳐다보자, 은설란이 흔들
리는 눈빛을 한 채 말했다.

"걱정했어요."

"⋯⋯그건 또 무슨 소리예요?"

"어젯밤, 누군가 고 공자의 집에 불을 놓았는데, 아무리
찾아도 공자님이 보이지 않았거든요."

"대체 어떤 놈이!"

"그야 알 수 없죠. 우리 흑사련에는 적이 많으니까요. 아
니면 고 공자에게 앙심을 품은 자의 소행일 수도 있고요."

"내가 뭘 했다고! 아니, 세상 다 뒤져 봐요! 나처럼 착한
사람이 있나. 내가 이때껏 살면서 누구에게 피해 한 번 입
힌 적이⋯⋯."

있다.

그것도 무수히 많은 사람을 죽였다.

며칠 전 그의 손에 죽어 간 수많은 복면인들. 그들을 떠올린 택중.

꿀꺽.

한차례 침을 삼킨 택중이 떨리는 음성으로 물었다.

"서, 설마……?"

"그야 모르죠."

택중의 말뜻을 알아채고 은설란이 조심스럽게 말했지만, 택중은 이미 그녀의 대답 따윈 들려오지 않는 눈치다.

'젠장! 어쩌다 일이 이 모양이 된 거지?'

아무리 생각해도 보복을 당한 거 같은데…….

택중이 다시 한 번 침을 삼키며 물었다.

"그래서 범인은 잡았나요?"

고개를 내젓는 은설란.

그럴 줄 알았다는 듯 택중이 고개를 푹 숙이며 중얼거렸다.

"괜히 왔네."

그냥 현대에 남아 있는 건데…….

이쪽으로 오고 가는 게 자신 마음대로 되는 건 아니지만, 그래도 아주 방법이 없는 건 아니다.

아니, 어찌 보면 간단한 방법이다.

그냥 이 집에서 떠나가면 그만.

그것도 아니라면 라디오를 없애 버리면 되는 일인데…….

"……?"

순간 라디오가 생각난 택중이 재빨리 자신의 가방을 뒤적였다.

말하다 말고 가방을 뒤적이더니 무언가 본 적 없는 물건을 꺼내는 택중을 보면서 은설란이 고개를 갸웃거릴 때였다.

"앗, 뜨거워!"

라디오가 불덩이처럼 뜨거웠다.

그 탓에 라디오를 놓치고만 택중이었다.

뭔가 이상이 생긴 게 분명하다.

그리고 그 변화는 몹시 중대한 것일 테다.

한데, 떨어진 라디오를 주워 들고 보니, 그 정도가 아니다.

"이럴 수가……!"

택중이 망연자실한 표정이 되어 중얼거렸다.

그가 들고 있는 라디오의 숫자가 처음과 비교하면 반으로 줄어 있었던 것이다.

그동안 라디오의 숫자가 줄어들고 있다는 걸 까맣게 잊고 있던 그는 순간 망치로 머리를 얻어맞은 기분이 되고 말았다.

가슴 한편이 서늘해진 택중.

그가 마른 입술을 핥으며 고개를 돌렸다.

그러곤 은설란에게 물었다.

"불이 난 게 어젯밤이었다고 했어요?"

끄덕.

"정확히는 해가 지고 나서 얼마 후라고 하더군요."

택중의 표정이 심각하게 변했다.

'내가 쓰러진 시간쯤이네? 그렇다면······.'

경고?

그러니까, 중원에서 뭔가 중대한 일이 발생했고 그로 인해 현대에 있는 그에게까지 여파가 미쳤다는 얘기?

'헐! 이게 뭐야? 무슨 마법도 아니고······. 여기서 무슨 일이 발생하면 나한테까지도 영향을 미친다는 얘긴 거야?'

그렇다는 건······.

'젠장! 그럼 내가 집을 떠나든, 라디오를 버리든 아무런 상관이 없다는 거잖아!'

망할!

이 집과 라디오가 내 운명이란 말이야?

이래선 악마에게 영혼을 판 것과 다름없잖아!

'어쩐지 일이 너무 쉽게 풀린다 했어!'

역시 사람은 공짜를 바라면 안 되는 일인데.

"휴우!"

빌딩이 세 채나 생기고, 그거로도 모자라 헤아릴 수도 없는 금들이 수중에 있었다.

한데 안고 보니, 그게 다 공짜가 아니란 거다.

한마디로 이 집과 라디오에 인생을 저당 잡혀 이룬 결과 란 건데…….

불끈.

주먹을 움켜쥔 택중이 눈썹을 꿈틀거렸다.

"그래서 이대로 있겠다는 건가요?"

"우리도 애는 쓰고 있어요."

"세상의 바쪽을 지배하는 게 흑사련이라면서요!"

"세상까지는 아니고…….'

"하여튼! 힘 세다면서요! 흑사련에 어마어마한 고수들이 잔뜩 있다고 했던 건 뻥이에요?"

"뻐— 엉? 그게 뭐죠?"

"아이 씨! 그러니까, 거짓말이었냐구요!"

"그건 아니에요."

"그럼 왜 못 잡는 건데요! 어떤 놈인지 모르지만, 흑사련 총단에 버젓이 숨어 들어와 내 집에 불까지 지른 놈을 아직 잡지 못하고 있다는 건……. 혹시?"

'너희가 내 집에 불을 지른 거 아냐?'

그래서 오도 가도 못하게 만들어 놓고 평생 갈취해 보겠 다는 속셈 아니야, 이거?

택중이 의구심 가득한 눈으로 은설란을 노려볼 때였다.

"워낙 용의주도하게 움직여서 조금 시간이 걸렸지만, 대략 윤곽은 잡았어요."

"아깐 못 잡았다면서요!"

"범인을 잡진 못했죠. 하지만, 지금쯤 범인의 행적은 잡아냈을 거예요."

순간 택중이 성큼 걸음을 내디뎠다.

그런 그를 은설란이 막아섰다.

"어딜 가시게요?"

"어디긴요! 가야죠! 범인 잡으러!"

"자, 잠깐만요!"

"막지 마세요."

"그래도 이건 좀 아닌 거 같아요."

"아니긴 개뿔! 내 집 태운 놈이에요! 게다가……."

어떤 놈인지 모르지만, 집까지 불사른 이유는 한 가지뿐이다.

고이 자고 있던 택중을 집과 함께 구워 버릴 속셈이었으리라.

"날 죽일 생각인 게 분명하잖아요!"

은설란은 반박하지 못했다.

구중심처보다 경비가 철저하면 철저했지, 그보다 못하지 않은 흑사련까지 숨어 들어와 군이 택중의 집에 불을 놓은 까닭은 한 가지 이유로밖에는 설명할 길이 없으니까.

택중의 목숨을 노리고 있는 것이다.

누굴까?

강하게 의심되는 건 아무래도 한 곳뿐이다.

'정말 정도맹일까?'

의심은 되지만 확증은 없다.

그러니 현재로선 확신하는 건 안 된다.

좀 더 확실한 증거를 잡을 때까지는……

그리고 아직 택중이 안전하다는 보장 따윈 어디에도 없었다.

그녀가 최대한 조심스럽게, 그러면서도 부드럽게 그에게
말했다.

"죽을 수도 있어요."

"헹! 내가 그런 걸 두려워할까 봐요!"

진심이었다.

택중은 지금 열 받아서 터지기 일보 직전이었다.

아무리 가진 것 없고(?) 일가친척 하나 없는 고아 출신이
라지만, 그래도 건드리면 가만있지 않는다.

그가 여태껏 험난한 세상과 부딪혀 싸워 오며 습득한 것
이었다.

정면으로 대응하라!

고난과 역경 따위에 굴복하는 건 그의 성미에 맞지 않는다.

그 어떤 어려움이 밀려와도 물러서지 않는 그였기에 이제껏 자수성가하며 이만큼이나 살 수 있게 된 것이다.

택중이 눈에서 불꽃을 피워 내며 말했다.

"이판사판! 놈이 어떤 놈인지 나도 좀 봐야겠어요!"

결국, 은설란은 물러서지 않을 수 없었다.

그녀와 무치는 택중을 보호하듯 양편에서 걸으며 그를 어딘가로 이끌었다.

어느 객잔 앞에 이른 그들이 잠시 기다리자, 한 대의 마차가 다가왔다.

가슴에 '련'이라는 글자가 적힌 걸로 보아, 마차를 끌고 있는 마부는 흑사련의 무인인 듯싶었다.

그와 눈짓을 서로 주고받은 뒤, 은설란이 마차 문을 열었다.

무치와 함께 마차에 몸을 실은 택중이 물었다.

"어디로 가는 거죠?"

"가 보면 알아요."

택중이 대수롭지 않다는 듯 고개를 끄덕이고, 이내 출발한 마차가 달려 나갔다.

차 한 잔 마실 시간이 지나고 난 뒤 마차가 도착한 곳은 다름 아닌 성의 외곽, 서쪽 숲이었다.

마차에서 내린 그들을 맞이한 것은 일단의 무사들이었다.

"평요를 찾았나요?"

"아뇨. 거처를 수색하고는 있습니다만 행적이 묘연합니다."

평요?

택중은 자신을 습격했다고 의심되는 자의 이름이 평요라는 것을 알게 되었다.

으득.

이를 갈아 대는 그를 이끌고 은설란과 무치가 숲 속에 있는 오두막으로 향했다.

"이곳이 그자가 머물던 곳인가요?"

"예."

"평요, 그자가 흑사련에 들어온 게 언제라고 했죠?"

"오 년이 넘은 걸로 압니다."

은설란의 물음에 충실하게 대답하던 사내가 머뭇거리다가 다시 말문을 열었다.

"근래에 금전적으로 어려움이 있었던 모양입니다."

"……?"

"평소 기루라곤 드나들지 않던 자인데, 어쩌다가 한 기녀와 깊은 관계가 된 거 같습니다."

알 만하다.

기녀를 기방에서 빼내려, 적잖이 않은 돈이 필요했으리라.

"그래서, 염왕채라도 썼던 모양이죠?"

"맞습니다. 사 할이 넘는 고리임에도 삼만 냥이란 거금을 빌린 모양입니다."

"삼만 냥⋯⋯."

일개 무사가 가진 게 뭐가 있다고 그런 거금을 쉽게 빌릴
수 있을까.

벌써 냄새가 나기 시작했다.

거기에 애당초 돈을 빌리는 빌미가 된 기녀의 정체도 의
심스럽다.

"기녀 쪽은 조사했나요?"

"그게⋯⋯."

"⋯⋯사라졌군요."

사내가 대답할 필요도 없었다.

표정만으로도 알 수 있었으니까.

'기녀가 사라졌고, 평요라는 자도 사라졌다?'

도마뱀처럼 꼬리를 잘라 냈다는 말인데⋯⋯.

은설란이 고개를 숙인 채 생각에 잠겨 들었다.

그러다가 말했다.

"일단 안으로 들어가 보죠."

무치와 택중을 데리고 평요의 오두막 안으로 들어간 그녀
는 사방을 살피기 시작했다.

그러다가 한곳에 눈길을 멈추고는 움직일 줄을 몰랐다.

그것은 침상 머리맡에 놓여 있었다.

손수건이었다.

아무런 문양도 수놓아져 있지 않은 것이었지만, 은설란은 그것이 여인의 것임을 직감적으로 알 수 있었다.

스윽.

손수건을 들어 올린 그녀가 코밑으로 가져갔다.

이내 고개를 끄덕인 그녀가 손수건을 품 안에 갈무리했을 때였다.

다다다다다닷.

오두막 바깥에서 누군가 황급히 달려오는 소리가 들려왔다.

"……?"

은설란이 막 몸을 돌렸을 때, 밖이 소란스러워지는가 싶 더니 사내 하나가 불쑥 안으로 들어왔다.

그러곤 말했다.

"평요가 발견되었습니다."

"가죠."

그의 보고에 은설란이 발을 내디뎠지만, 사내는 움직일 줄을 몰랐다.

은설란은 물론 무치와 택중이 그런 그를 이상하다는 듯 바라보자, 사내가 어렵사리 말문을 열었다.

"죽었습니다."

"……?"

"시신이 이미 차갑게 식은 걸로 보아 죽은 지 네 시진이 넘은 것 같습니다."

"……!"

순간 택중의 눈이 찡그려지는가 싶더니 악다구니가 튀어나왔다.

"젠장! 뭐하는 놈들인데……!"

사람을 쓰고 죽였단 말인가!

게다가 죽은 지 네 시진, 그러니까 여덟 시간 전이라면…….

새벽녘이다.

한마디로 평요란 자가 정말 불을 지른 자가 맞는다면, 그가 일을 끝내자마자 죽였다는 얘기 아닌가.

잔인한 놈들이다.

으득.

다시 한차례 이를 갈아 대는 택중이었다.

그러다가 그가 중얼거렸다.

"그렇게 나온단 말이지? 그래, 좋아좋아! 그런 식이라면 나도 가만있을 수 없지!"

뭔가 결심한 듯 택중이 눈을 번뜩일 때였다.

"응?"

은설란이 놀란 표정을 짓더니, 콧잔등을 일그러뜨렸다.

무치 역시 뭔가 낌새를 알아챘는지 서둘러 소리쳤다.

"화약 냄새?"

"서둘러요!"

은설란은 외침과 동시에 택중을 껴안듯 붙잡았다.

그러곤 번개처럼 움직여 오두막을 빠져나갔다.

그 뒤를 이어 무치와 사내들이 뛰쳐나왔다.

쾅!

엄청난 폭음과 함께 오두막이 화염에 휩싸였다.

"크윽……."

흙바닥에 구른 덕분에 턱이 갈린 택중이 피를 뚝뚝 흘리
며 고개를 쳐들었다.

"괜찮아요?"

은설란이 물어왔지만, 그는 대답하지 않았다.

후우우웅!

택중은 그녀가 이제껏 본 적 없는 눈빛을 흘리며 오두막
을 노려보고 있을 뿐이었다.

제31장
결심하다

늦은 밤, 트럭 속에 앉아서 생각에 잠겨 있는 택중. 그는 지금 몹시 심란했다.

'대체 누구란 말인가? 정말 정도맹 짓인가? 하지만, 그들이 왜? 단지 내가 놈들을 죽여서?'

그렇다고 삼엄한 경비를 뚫고 흑사련까지 들어와 집을 불태운다고?

그러다가 흑사련과 전면전이라도 일어나면 어쩌려고?

한마디로 빈대를 잡자고 초가삼간 태우는 격이 아닌가.

한데도 그렇게 했다는 건?

'어쨌든, 날 노린 건 확실해!'

그렇다면 단순히 지난번 싸움에 대한 보복은 아닌 게 틀림없다.

'역시 그건가……?'

그의 머릿속에 몇 가지 물건들이 자연스럽게 떠올랐다.

천비신도라 불리는 부엌칼을 비롯해 부탄가스 등이 그것이었다.

"그러니까, 놈들 입장에서는 내가 거추장스러웠다는 거군!"

현대에서는 단순한 부엌칼에 불과하지만, 이상하게도 이곳에는 대단한 무기가 되는 걸 이미 알고 있는 택중. 그는 그제야 알 수 있었다.

중원을 반분해 지배하는 만큼 최대의 적이라 할 수 있는 흑사련에게 거의 신무기나 다름없는 물건들을 공급하는 택중은 정도맹의 입장에서 보자면 반드시 없애야 하는 골칫거리였던 것이다.

길게 고민할 필요가 없다.

자신이 현대에서 가져오는 물건들 때문이란 건 틀림없다.

다시 말해 놈들은 이제 자신을 몹시 위협적인 존재로 인식하고 있는 것이다.

하긴, 그럴 만도 하다.

요새 들어 흑사련의 위세는 아주 정점을 찍고 있었으니까.

택중이 돈을 받고 판 물건들……. 천비신도를 비롯한 신병이기들의 힘을 빌려 탈환한 지부만 벌써 열 개를 넘어섰다고 한다.

뿐만 아니라, 지금 이 시간에도 중원 곳곳에서는 정도맹을 밀어내며 세력을 넓히고 있었다.

그만큼 그가 흑사련에 건넨 물건들은 다른 세력들의 입장에서 보자면 위험하기 짝이 없는 것들일 터다.

그러니 놈들로서는 택중이 눈엣가시 같을 것은 당연한 일이다.

으득.

이를 갈아 대는 택중이었다.

'좋다, 이거야! 어째서 날 노리는지 알겠어. 그래도 그렇지!'

평요라고 했던가?

일을 시킨 하수인까지 서슴없이 죽이다니.

잔인한 놈들이다.

그런 놈들이 못할 짓이 어디 있을 것인가!

'……그렇게 나온다 이거지!'

이만저만해서 널 그냥 두고 볼 수 없다. 그러니 죽어 줘야겠다! 라고 하며 칼을 날리고 불을 놓는다. 그런데 이쪽에서는 이대로 목을 길게 빼면서 '아, 예. 그러십니까?'

할 수만 없는 일 아닌가.

"한번 해보자는 거지!"

툇마루에서 몸을 일으킨 택중이 눈을 번뜩였다.

꾹!

주먹을 말아 쥔 손에 힘이 들어갔다.

*　　　*　　　*

"실패했습니다."

수하의 얘기에 정도맹 악양지부장 손마량이 소리쳤다.

"뭣이! 확실한가?"

"놈이 살아 있는 걸 확인했습니다."

"집이 불타서 내려앉았다면서!"

"예, 그 부분은 제가 직접 보았습니다. 확실합니다!"

"하면, 그때 놈이 집안에 없었다는 얘긴가?!"

"그게……."

"설마 그것도 확인하지 않고 불을 지르도록 했다는 말인
가?"

"그건 아닙니다. 평요를 시켜 불을 놓았을 때만 해도 놈
은 틀림없이 집에 있었습니다. 잠이 든 것을 보고 나서 불
을 질렀습니다."

"허! 그럼 어찌 살아남았단 말인가?"

"아무래도……."

"아무래도 뭐?"

"우리가 모르는 뭔가 있는 거 같습니다."

"무슨 비밀 공간이라도 있었다는 건가?"

"그건 아닌 거 같습니다. 놈이 살아 있다는 보고를 받고, 은밀히 알아본 결과 불타 버린 집터 어디에서도 화마를 피할 수 있는 공간 따위는 없었습니다."

"귀신이 곡할 노릇이군! 하면 놈은 불사신이라도 된단 말인가?"

"그건 아닐 겁니다. 지난번 습격에서 정신을 잃고 쓰러진 걸로 보아, 놈도 우리와 같이 피와 살을 지닌 평범한 신체 구조를 지닌 게 틀림없습니다."

"그런데 어떻게 살아남았단 말인가?"

"그것까지는 잘 모르겠습니다."

"무능한 놈!! 이것도 모르겠다, 저것도 모르겠다! 위쪽에서는 어서 빨리 놈을 없애라고 난리인데, 이제 어떻게 하겠다는 건가!"

"일단 지켜보고 있습니다만, 상황을 보아 다시 한 번……."

"다시 한 번 불을 놓겠다는 건가?"

"그건 아닙니다. 대신 습격조를 침투시켜 볼 생각입니다."

"흠……. 그거라면 확실하겠지. 적어도 목이 잘리고도 살아남을 수는 없을 테니."

"그렇습니다! 이번에야말로 확실히 놈의 숨통을 끊어 놓겠습니다!"

"좋아! 몇 번이고 좋으니, 반드시 놈을 죽이도록 하게! 이쪽의 정체만 들키지 않는다면 무슨 수를 써도 좋으니, 기필코 놈을 없애란 말이네!"

"존명!"

돌아서 나가는 수하를 보면서 손마량은 콧잔등을 일그러뜨렸다.

그러곤 벽면에 붙어 있는 한 장의 종이를 뚫어져라 쳐다보았다.

거기엔 한 사내가 헤벌쭉 웃고 있는 얼굴이 그려져 있었다.

택중의 용모파기였다.

그걸 한참 동안 쏘아보던 손마량이 돌아섰다.

나갈 채비를 하기 위해서였다.

'그나저나 어찌한다?'

안 그래도 지난번 일 때문에 정도맹 총단, 즉, 무한으로 오라는 명령을 받은 참이었다.

한데 이번에 다시 일을 망쳤으니 또 어찌 보고를 할지 머리가 아파져 왔던 것이다.

잠시 후 손마량이 생각만으로도 머리가 아픈지 한 손으로 이마를 짚으며 방을 빠져나갔다.

*   *   *

택중이 살아 있다는 보고를 받은 갈천성이 한달음에 달려왔다.

"오오! 살아 있었구먼!"

"그거 지금 반갑다고 하시는 말씀이에요?"

"당연하지."

갈천성을 바라보는 택중의 눈초리가 곱지 않았다.

하지만 그런 눈빛은 오래가지 않았다.

그래도 걱정되어 헐레벌떡 뛰어온 사람 아닌가.

더구나, 지난번 일도 그렇고…….

그때 보여 준 갈천성의 모습은 아직도 잊히지가 않는다.

마치 칼날처럼 보이던 그의 모습은 뭐랄까 몹시 소중한 사람을 잃고 분노한 자의 그것이었다.

그만큼 자신을 생각하고 있다는 얘기일 터다.

또한 평소 자신을 대하는 갈천성의 모습은 어딘지 모르게 덜떨어지게 느껴지는 게 꼭 손자를 대하는 할아버지 같았다.

피식.

자신도 모르게 살짝 웃음을 흘린 택중이었다.

"응? 왜 그러나?"

갈천성이 눈을 껌벅거리다가 물어 오고 있었다.

"아무것도 아니에요."

"……혹, 미친 건가?"

"아니라니까요!"

"큼. 아니면 됐지, 뭘 소리까지 지르고 그러나?"

능글능글 되물어 오는 갈천성을 보다가 택중이 고개를 내저었다.

그러다가 그가 몸을 돌려 은설란을 향해 불쑥 물었다.

"그래서, 평요란 자를 죽인 범인은 잡았나요?"

은설란이 대답했다.

아무래도 현장을 진두지휘한 사람은 그녀였기 때문이다.

"놓친 거 같아요."

"하아……. 진짜 쥐새끼 같은 놈들이네요."

"쥐새끼인지는 몰라도 확실히 용의주도한 놈들인 건 분명해요."

그때까지 듣고만 있던 갈천성이 심각한 얼굴로 물었다.

"하면 배후도 캐내지 못했겠군?"

"평요라는 자와 접촉했던 이들을 중심으로 수사를 확대하고 있습니다만……."

"쯧쯧. 일이 이 정도 되었으면 뻔하지. 모조리 사라졌겠지."

"……예. 염왕채를 놓은 자들만 빼곤……."

"됐어. 그럼 놈들까지 엮어 가며 일을 벌였을 놈들이 아냐. 수사는 이걸로 종결한다."

택중이 울컥해서 끼어들었다.

"끝내다뇨! 그럼 내 집은요?"

다급히 물어 오는 그를 갈천성이 대수롭지 않다는 듯 쳐다보았다.

"집이라……. 이참에 거처를 옮기는 건 어떤가?"

뜨악!

택중은 기가 막혔다.

안 그래도 집이 타서 속상해 죽겠는데, 이젠 집을 버리란다.

'그럼 난 현대로 어떻게 돌아가고?'

죽으나 사나, 집과 한 몸처럼 살아가야 할 팔자인데…….

택중이 머리통이 떨어져 나가라 고개를 내저었다.

바람이 일 정도였다.

"싫어요! 절대로! 네버!"

"허허! 자네 정말……."

"……?"

"알박기하려고 들어왔던 건가?"

"쿨럭! 그게 무슨 말이에요! 알박기라뇨! 제가 그런 놈으로 보여요?"

쌍심지를 켜고 덤벼드는 택중을 갈천성이 눈을 가늘게 뜨고 바라보다가 가볍게 고개를 끄덕였다.

"응."

"헉!"

택중은 지원을 요청한다는 듯 은설란을 쳐다보았다.

그것만으로도 부족해 그가 은근슬쩍 웃음을 섞었다.

"하하하, 진짜 농담이 심하다! 아무리 그래도 그렇지 지금 그게 말이 된다고 생각해요?"

하지만 은설란은 택중의 눈을 피해 먼 산을 바라본다.

꿀꺽.

택중은 다급하게 무치를 찾았다.

그의 시선을 받은 무치가 입을 열었다.

그러곤 한다는 말이…….

"대단한 투자라고 생각합니다."

간만에 길게 말하나 싶었더니.

'망할 놈!'

택중은 고개를 숙인 채 중얼거렸다.

"설사 그렇다 해도, 이건 아니잖아요? 알박기고 뭐고 간에 내 집이 탔는데, 모두 잘됐다는 듯한 얼굴을 하고……."

그러다 갑자기 고개를 바짝 쳐들고 소리쳤다.

"아무튼지 간에 난 여기서 절대 못 떠나요!"

"허이……! 그럼 어쩌잔 건가?"

"어쩌긴요. 다시 집을 지어야죠!"

"지어?"

끄덕.

고개를 끄덕인 뒤 택중이 의미심장한 눈빛을 해 보였다.

그뿐만이 아니라, 뭔가 다른 생각이 있는 듯했다.

*   *   *

살랑살랑.

부채를 부치며 한가로운 시간을 보내고 있던 진수화는 등 뒤에서 갑자기 문이 열리자, 깜짝 놀라 돌아보았다.

"까악!"

하지만, 그녀보다 더욱 놀란 사람은 옥란이었다.

"누, 누구냐!"

옥란이 품 안에서 비도를 꺼내어 양손에 움켜잡았다.

대답 여하에 따라 서슴없이 던져 낼 태세였다.

그런 상태로 사나운 눈초리로 진수화를 향해 고함치고 있었다.

"어떤 년이기에⋯⋯."

"놔⋯⋯ 야."

"⋯⋯?"

"뉘⋯⋯ 숑광이롸늬꽈!"

입술을 최대한 움직이지 않으려는 심산인지, 소여물 씹듯이 입을 오물거리며 말하는 여인을 옥란은 한참 동안 들여다보았다.

"헛! 부도독님!"

놀라서 외치면서도 잽싸게 비도를 품 안에 갈무리한 옥란이 다시 물었다.

"지금 뭐하시는 거예요? 얼굴은 또 왜 그러신 건데요?"

옥란은 의아한 눈빛을 흘리지 않을 수 없었다.

눈과 코, 입만을 내어놓은 채 얼굴 가득 붙이고 있는 새하얀 헝겊. 뿐만 아니라 머리를 위쪽으로 묶은 채 이상한 꽃무늬 모자까지 쓰고 있었다.

하지만 진수화는 대답하지 않았다.

대신 고개를 연방 흔들며 손가락으로 자신의 얼굴을 가리
켰다.

옥란은 답답했다.

알아들을 수가 없었던 것이다.

그렇다고 달려들어 상관의 멱살을 잡는 무례를 저지르진
않았다.

그 대신 그녀는 청천벽력 같은 말을 쏟아 냈다.

뭔가 생각난 듯 규히 외쳤다

"고 공자가 습격을 받았데요!"

"뭣이!"

진수화가 머리에 쓰고 있던 비닐을 뜯어내며 소리쳤다.

얼마나 다급했던지 자리에서 벌떡 일어나는 순간, 그녀의
얼굴에서 '미용팩'이 반쯤 떨어져 너덜거렸다.

"그게 무슨 말이냐! 고 공자는 흑사련으로 돌아가지 않았
더냐! 한데, 습격을 받다니! 어서 자세히 말해 보아라!"

"집을 습격했다고 해요!"

"집?"

"예! 집에 불을 놓았다고…….'"

"화, 화공?"

그녀는 이해가 안 간다는 듯 말을 이었다.

"흑사련 한복판에?"

"그러니까요!"

고개를 끄덕이는 옥란에게 진수화가 다급히 물었다.

"그럼 고 공자는?"

"고 공자는 그날 밤 집안에 있다가……."

"서, 설마……?"

"그런데 버젓이 살아 있다네요?"

"후유……!"

다시금 자리에 털썩 앉으며 그녀가 안도의 한숨을 내쉬었다.

그러곤 다시 물었다.

"피해는?"

"홀랑 탔다는데요."

옥란의 말을 들은 진수화가 일순 고개를 갸웃했다.

"근데 어떻게 살 수 있었던 거지?"

"그건 저도 모르죠."

"자고 있었던 게 아니었던가 보지?"

"글쎄요. 확실한 건 아직……."

"안 되겠다, 일단 가 보자!"

"그럼 떠날 준비를 할까요?"

진수화가 고개를 끄덕이다 말고 뭔가 떠올랐는지 눈을 동그랗게 뜨며 부르짖었다.

"악! 주름! 큰일 났다!"

그녀는 재빨리 돌아앉아 거울부터 찾았다.

택중에게서 무려 천 냥이나 주고 산 손거울로 얼굴을 비춰 보고는 투덜거렸다.

"아이, 속상해! 주름 생기겠네!"

반쯤 떨어져 너덜거리던 '미용팩'을 다시 꼼꼼히 붙이기 시작하는 진수화였다.

바로 그때였다

덜컹.

문이 열리고, 절로 고개가 돌아간 진수화와 옥란의 눈에 익숙한 얼굴이 비쳤다.

진수화의 입에서 외침이 터져 나왔다.

"도독님!"

옥란이 다급히 허리를 숙이며 소리쳤다.

"도독 각하를 뵙습니다!"

                    *   *   *

방 안엔 잠시간 침묵이 흘렀다.

옥란을 내보낸 뒤 둘만 있게 되고 한참의 시간이 흐른 뒤였다.

시간이 갈수록 불안해진 진수화다 보니, 별의별 생각이
다 떠올랐다.

'급전을 보내긴 했지만······.'

그렇다고 이렇게 직접 오실 줄이야!

어지간하면 북경을 잘 떠나지 않는 우영영이었다.

그러하거늘, 어째서 이렇게 직접 군산까지 찾아왔을까?

의아해진 진수화는 알 수 없는 두려움에 사로잡혔다.

바로 그때였다.

"틀림없겠지?"

불쑥 물어 오는 금의위 도독 우영영을 진수화가 쳐다보았
다.

그러다가 화들짝 정신을 차리곤 대답했다.

어디에도 망설임은 보이지 않았다.

"틀림없습니다!"

우영영은 생각에 잠겨 들었다.

'일개 개인이 그 정도로 막강한 화력을 운용할 수 있는
게 가능하단 말인가?'

관직에 몸담고 있으니, 벽력탄의 존재를 모르진 않았다.

하지만 자신이 아는 것과 진수화가 말하고 있는 것과는
몹시 다르지 않은가.

그저 던지고, 불화살을 쏴서 터뜨린다?

그러면 폭발하는 것만으로 그치지 않고, 금속 파편이 사방을 휩쓴다?

뿐만 아니라, 보관도 용이해서 아무리 험하게 다루어도 잘 터지지 않는다라 했던가?

조그만 충격에도 쉽사리 터지곤 하는 벽력탄과는 사뭇 대조적이라 할 수 있다.

아무튼지 간에 그만큼 다루기 쉽다는 얘기고, 또 그런 만큼 누구나 다룰 수 있다는 얘기이기도 하다.

이점 역시 전문적으로 화기를 다루는 자들만 쓸 수 있는 벽력탄과는 완전히 다른 것이다.

'위협적이다!'

만일에 하나라도 진수화의 얘기대로라면, 너무나도 두려운 일이다.

그런 벽력탄(?)을 잔뜩 가지고 밀려든다면, 어지간한 군대로서는 감당하기 어려울 터.

기습의 묘를 살리는 전술까지 활용한다면 설사 백만 대군이 있다고 해도 상대할 수 없을 것이다.

제아무리 방비가 두터운 북경일지라도 실로 안전하다고만 하기 힘든 것이다.

결론은 쉽게 나왔다.

'그냥 놔두기엔 너무나 위험한 자다.'

우영영의 입에서 묵직한 음성이 흘러나왔다.

"척결하라."

"예?"

깜짝 놀란 진수화가 되물었다.

자신이 잘못 들었나 싶었던 것이다.

하지만 그런다고 달라지는 건 아무것도 없었다.

우영영의 얼굴에 진중한 빛이 떠오르며 다시 말문이 열렸다.

"수단과 방법을 가리지 말고 죽여야 할 것이다."

"하, 하지만……."

뭐라 말하려 했지만, 진수화는 말문이 막혀서 더 이상 말하지 못했다.

그럴 수밖에.

택중에 대한 보고를 올리면서 이런 결과가 있을 거라고 아주 예상치 못한 것은 아니었다. 그렇다곤 하지만 그래도 조사쯤은 해 줄지 알았다.

그만큼 자신이 아는 우영영은 매우 신중한 인물이었고, 또한 매사가 공평한 자였던 것이다.

그리고 그렇게 조사를 하게 될 때 자신이 나서려 했었다.

택중이 다소 위협적이긴 자이긴 하지만, 대신에 이쪽으로 끌어들이면 오히려 화가 아니라 복이 될 수도 있음을 강조

하려던 참이었다.

물론 그러기 위해선 먼저 택중을 구슬리는 일이 먼저가
될 터였다.

한데 상황은 너무나 급박하게 흘러가고 있었다.

얼굴빛이 파랗다 못해 검게 죽어 버린 그녀가 뭐라 대답
하지 못하고 머뭇거렸다.

설마, 조금의 조사도 없이 바로 결정을 내리리라고
는…….

'내 얘기만 듣고 곧바로 죽이라고 하시다니!'

그만큼 자신을 믿는다는 얘기이기도 하지만, 한편으로는
우영영이 매우 놀랐다는 말이기도 하다.

'이대로라면 고 공자는 죽음을 피할 수 없다!'

진수화가 파리해진 얼굴로 외쳤다.

"소신이 겪어 본 고 공자는 역심을 품을 만한 인물이 아
니었습니다!"

스윽.

우영영이 고개를 돌려 진수화를 똑바로 바라보았다.

차갑기 그지없는 눈빛이었다.

부르르.

진수화가 눈을 돌리지 않으려 애쓰며 몸을 떨고 있을 때,
우영영이 스산한 목소리로 말했다.

"정이 든 것이냐?"

"아, 아닙니다!"

"그럼 무엇 때문에 그를 그렇게 감싸고도는 거지?"

"……."

진수화로서도 딱히 할 말이 없었다.

이렇다 할 이유가 생각나지 않았던 것이다.

그녀가 아무런 말도 하지 못하고 있자, 우영영이 다시 물었다.

"네 말이 맞아서 그자는 그럴 마음이 없다손 치더라도, 그 무기들이 불손한 무리에게 넘어가면 어찌할 테냐?"

"그, 그건……."

"이번 일에서 너는 빠지거라."

"도, 도독 각하!"

진수화가 외쳤지만, 이미 우영영은 결정을 내렸는지 더 이상 말이 없었다.

*   *   *

설매향은 서슬 퍼런 눈빛으로 손마량을 내려다보았다.

그처럼 보고를 듣는 내내 말없이 눈만 번뜩이고 있자, 손마량은 말을 끝내고 나선 그야말로 어쩔 줄 몰라 하며 벌벌

떨었다.

이윽고 보고를 다 들은 뒤, 설매향이 물었다.

"그래서?"

"예?"

"놈이 살아 있다는 얘기렷다?"

"그러하옵……."

펑!

손마량은 말을 채 끝내지도 못했다

설매향의 손이 벼락처럼 휘둘러지는 순간, 저만치 나가떨어졌기 때문이다.

"끄어……."

신음을 흘리며 일어나려 애쓰는 손마량의 귓가로 설매향의 차가운 목소리가 들려왔다.

"뒤처리는 깨끗이 했겠지?"

"……그렇습니다."

평요라면 확실히 처리했다.

죽은 자의 입이 열릴 일은 없을 테니까.

손마량이 간신히 일어나 몸을 가누고 있을 때 설매향이 다시 말했다.

"버러지 같은 것들이 감히!"

나직하지만 분노가 가득한 음성을 듣곤, 흠칫하던 손마량은 이내 가슴을 쓸어내렸다.

자신을 향해 한 말이 아니란 걸 알아차렸기 때문이다.

그러나 불안감이 완전히 가신 것은 아니었다.

저 분노가 또 언제 자신을 향할는지 알 수 없었기에.

때문에 손마량은 마치 북풍한설의 사시나무처럼 몸을 떨었다.

그러거나 말거나 설매향이 침중한 표정을 짓고 있다가 어느 순간부터 눈에서 기광을 흘리기 시작했다.

그러곤 중얼거렸다.

"그렇게 발악해 보아라. 내 반드시 네놈의 목숨을 끊어주리라."

어느새 그의 입가에 비릿한 미소 한 줄기가 떠 있었다.

이어 물었다.

"해서 아무런 계획도 없다는 말은 아니겠지?"

손마량이 눈을 반짝이며 급히 다가섰다.

"아무래도 좀 더 적극적으로 나서야 할 듯싶어서 계획을 세웠습니다. 하여……."

한동안 그가 쏟아 내는 말들이 설매향의 마음에 드는 모양이었다.

듣는 내내 옅은 미소로 일관하던 설매향이 끝내 만족한 듯한 얼굴이 되어 말했다.

"좋군."

그의 얘기에 손마량은 덩달아 기분이 좋아졌다.

지난번 실패로 출세의 길이 완전히 막힌 것은 물론 문책
조로 완전히 좌천당할 줄 알았더니, 잘하면 다시금 출세의
끈을 잡을 수도 있을 것 같았던 것이다.

그런 그의 마음에 설매향이 쐐기를 박았다.

"호천대를 내어 주지!"

" 호, 호천대를 말씀이십니까!"

호천대(護天隊)라니!

너무나 놀란 손마량이 믿을 수 없다는 눈을 해 보였다.

그러자 설매향이 비릿하게 웃으며 물었다.

"왜, 부족한가?"

"그럴 리가요!"

이런 자리만 아니라면, 손사래를 쳐도 백 번을 쳤을 손마
량. 그가 서둘러 외쳤다.

"이번에야말로 놈의 머리를 가져오겠습니다!"

"기대해 보지."

두 사람의 얼굴에 기분 좋은 미소가 피어오르고 있었다.

*   *   *

"오오! 이게 그건가!"

몹시 기쁘다는 듯 외치는 사람은 다름 아닌 우문락이었다.

둘째라 할 수 있는 능군악이 실눈을 뜨고 되물었다.

"사형은 별 관심이 없는 줄 알았더니만, 그게 아니었던가 보오?"

"큼, 누가 관심이 없다 했더냐? 그저 조금……."

"……?"

"의심스럽다 했지."

눈앞에 놓인 물건이 실제로 가능한지에 대해 의문스럽다는 얘기일 터였다.

능군악은 절로 고개를 끄덕였다.

그 점은 능군악 또한 마찬가지였기 때문이다.

그저 한편의 이야기로 치부하기엔 상당히 세밀한 묘사가 되어 있어서 놀랍긴 했지만, 그걸 또 하나의 무공으로 보자니 뭔가 괴리감이 느껴졌던 것이다.

뭐랄까, 허풍이 잔뜩 깃들어 있다는 느낌이었다.

한데 정말 무공으로 재구성해서 가져오다니……!

상기된 표정으로 능군악이 말했다.

"여하간, 한번 보십시오. 사형."

"클클클. 보다 뿐이냐?"

기분 좋게 웃으며 책자를 집어 드는 우문락.

그가 서둘러 두루마리를 집어 들었다.

"그러니까, 이게 단순히 여흥거리로 쓰인 글이 아니더란 말이지!"

"그렇습니다. 철저하게 파헤쳐 재구성했다고 하더이다. 그 결과, 놀랍게도 그 안에 들어 있는 무공들이 연구해 볼 가치가 있다는 결론에 도달했다고 합디다. 해서 그 구결들만 모아서 만든 것이 바로 이것이라 하더군요."

능군악이 얘기하고 있었지만, 우문락은 전혀 듣고 있지 않는 눈치였다.

어느새 펼쳤는지, 두루마리에 적힌 무공 구결들을 들여다보며 눈을 반짝이고 있었다.

그러다가 끝내 경탄 어린 외침을 터뜨렸다.

"놀랍도다! 이토록 경세적인 무공이 있으리라곤……. 하기야 신기자의 전인이 만든 무공들이니 오죽하겠는가!"

탁!

무릎을 치며 그가 서둘러 소리쳤다.

"이러고 있을 때가 아니다! 어서 폐관에 들어……."

우문락이 곧바로 연무장으로 달려갈 태세이자, 능군악이 다급해졌다.

"사형!"

"왜 그러느냐!"

귀찮다는 듯 소리치는 우문락을 막아서며 능군악이 말했다.

"맹주가 허락하지 않을 것이오."

"큼. 그, 그렇겠지?"

"그걸 말이라고 하시오? 사형께서 폐관에서 나온 지 얼마나 되었다고, 또 허락하겠소?"

"……하지만."

"뿐만 아니잖소? 지난번 폐관 때 사형께서 뭐라 하시며 비연동에 드셨소?"

"응? 내가 뭐라 했었던가?"

영문을 알 수 없다는 듯 물어오는 우문락을 보며 능군악이 미간을 찡그렸다.

"내, 그럴 줄 알았소. 이 년! 딱 이 년 후에 나오겠다 하셨소."

"그런데?"

"휴우! 기억나지 않으시나 본데, 말씀드리지요. 사형께서 폐관에 드시고 무려 오 년이 지난 후에 다시 나오셨던 말씀이오."

"그게 뭐가 문제……."

"문제요!"

신병이기

"……?"

"덕분에 이번에 맹주에게서 명령이 떨어졌더란 말이오!"

"명…… 령?"

"그렇소."

"무슨 소리냐?"

"호천대와 함께 군산으로 가라 합니다."

"군산?"

"맞소. 군산에 있는 애송이 하나를 우리더러 처리하라 하더이다."

"허어! 그 무슨 말도 안 되는 소리를! 왜 우리가 그런 일을 해야 한다는 말인가?"

"싫으시오?"

"당연히 싫……."

우문락이 막 고개를 내저으려는 찰나였다.

능군악이 그의 손에서 두루마리를 뺏어 들었다.

표지에는 큼지막한 글씨로 다섯 글자가 선명히 쓰여 있었다.

절대무쌍류(絕代無雙類)

놀란 우문락이 두루마리를 움켜잡으며 소리쳤다.

"지금 뭐하는 짓인가?!"

"맹주가 그럽디다."

"……?"

"사형이 못가겠다고 하면, 이것도 없는 셈 치라고."

"……!"

눈이 휘둥그레졌던 우문락이 이내 표정이 급변해 얼굴을
붉혔다.

"치사한 놈 같으니라고!"

바로 그때였다.

"안————돼!!"

방안을 쩌렁쩌렁 울리는 절규에 두 사람의 시선이 절로
돌아갔다.

방 안 한구석에 곰처럼 웅크리고 앉아 두 팔을 머리 위로
치켜든 채 울부짖는 이는 다름 아닌, 그들의 막내 사제 염
수광이었다.

두 사형과 함께 정도맹 십대고수에 버젓이 이름 석 자를
올려놓고 있는 진천쌍극이 바로 그였다.

그런 그가 무슨 까닭으로 절규하고 있을까?

의아해진 두 사형이 눈을 가늘게 한 채 상황을 살폈다.

그러곤 이내 혀를 차며 고개를 내젓고 마는 그들이었다.

염수광의 바로 앞에 놓여진 책자에 쓰인 네 글자가 모든

걸 말해 주고 있었던 것이다.

절대무쌍 4권

대체 무슨 내용이 쓰여 있는지는 모르지만, 염수광이 저
러는 이유는 하나뿐일 터였다.

"으악! 어쩌라고!"

반악하듯 이친 염수광이 이제 미친놈처럼 발버둥치기 시
작했다.

"다음 권! 다음 권을 내놔! 이 나쁜 놈들아!"

보이는 게 없는지 양손을 마구 내젓는 염수광.

그의 손에서 시퍼런 강기가 솟구치는가 싶더니 무지막지
한 회오리가 일어나려는 찰나였다.

휙!

바람처럼 날아간 우문락이 염수광의 뒷목을 사정없이 갈
겼다.

퍽!

앞으로 고꾸라져 무너진 염수광이 죽은 듯이 잠들었다.

그런 그를 내려다보며 우문락이 혀를 찼다.

"끌끌. 저 꼴 보기 싫어서라도 간다!"

"그건 또 무슨 말씀이시오?"

"아, 몰라 묻는가? 저놈이 요새 저러는 게 저놈의 책 때문 아니더냐? 그러니, 애당초 저걸 가지고 있던 놈을 쳐 죽이지 않고서야 일이 끝나겠느냐 말이다!"

가만히 듣고만 있던 능군악이 슬며시 고개를 내저었다.

"그걸 핑계라고 하시는……."

"큼! 이러고 있을 시간이 있더냐. 어서 준비하자꾸나!"

서두르는 척 움직이기 시작하는 우문락의 손아귀에 두루마리가 꽉 쥐여져 있었다.

*   *   *

택중의 집이 화마에 휩싸인 지 열흘의 시간이 흘렀다.

그동안, 그는 현대로 넘어갔다가 어젯밤 돌아와 있었다.

그리고 오늘, 아침 해가 마당 안을 비추는 가운데…….

트럭에서 짐을 내리는 무사들을 보면서 택중이 눈을 빛냈다.

마치 먹잇감을 노리는 매의 눈을 한 채 바라보던 그의 귓가에 요란한 쇳소리가 날아들었다.

탱!

<u>와르르르</u>

마당 안을 울리는 소리에 택중이 소리쳤다.

"으앗! 조심하라니까!"

그 순간, 뒤쪽에서 또 다른 소리가 들려왔다.

파각!

획, 하며 돌아간 택중의 고개. 그의 날카로운 시선에 무
사들이 뜨끔해서 움직임을 멈췄다.

택중이 길길이 날뛴 건 당연한 일이었다.

"거기! 조심하라고! 아놔! 그게 얼마짜린 줄 알고!"

눈알이 희번덕거리며 그가 소리쳤다.

"무려 오억 원어치 자재들이라고!"

그때였다.

"지금 뭐하는 겐가?"

어느새 다가왔는지, 돌아보니 갈천성과 은설란이 서 있었
다.

택중이 별거 아니라는 듯 말했다.

"뭐긴요? 집 좀 지으려는 거죠."

"집?"

"그렇다니까요."

"뭔 집을 짓는데 이렇게 요란하게 구는 건가? 그리고 저
자재들은 다 뭔가?"

갈천성이 눈을 껌벅이며 마당 안에 차곡차곡 쌓여 가는
자재들을 바라보았다.

하나같이 본 적 없던 것들뿐이었다.

뿐만 아니라 언제 주문한 건지, 마당 밖에도 엄청난 양의 목재들이 산을 이룬 채 쌓여 있었다.

갈천성이 다시 물었다.

"대궐이라도 지을 참인가?"

"아뇨."

"그럼?"

갈천성뿐만이 아니라, 은설란이 의구심 가득한 눈빛으로 바라보고 있었다.

택중이 씩 웃으며 아리송한 말을 흘렸다.

"그런 게 있어요."

그러곤 자재들 앞에 서 있는 목수들에게 달려가더니 품에서 설계도를 꺼내 펼쳤다.

제32장

그럴 줄 알았…… 응?

공사는 좀처럼 끝나지 않았다.

아무리 반절 이상, 홀랑 타 버렸다고는 하지만 그래도 너무 오래 걸리고 있었다.

겨우 대지가 오십 평짜리니, 집인들 크면 얼마나 클까.

게다가 택중이 간만에 돈을 풀어서 목수들을 대거 동원했으니 사실 지금쯤이면 끝났어야 맞다.

집이 탄 지, 한 달이 다 되어 가고 있었기 때문이다.

한데도 집은 반도 완성되지 않고 있었다.

물론 여기엔 여러 가지 이유가 있었다.

그중 가장 설득력 있는 건······.

집의 크기가 다섯 배 정도로 확장되었다는 점이었다.

아니, 정확히 말하자면 집의 크기는 똑같았다.

다만 담장이 밖으로 밀려나며 안마당이 예전엔 공터였던 곳까지 확장되었다.

어찌 되었든 겉에서 보자면 택중의 집은 이제 거의 장원이라고 부를 만큼으로 변해 있었다.

'현대에서도 커져 있을까?'

이 점에 대해선 택중 역시도 궁금해하고 있는 참이었다.

하지만 아직까지 현대로 돌아가 보지 않아서 확인하지 못하고 있었다.

'만일 그랬으면……'

큰일이다.

이곳에서야 근방의 일대가 모조리 흑사련의 땅이라 할 수 있으니 상관없지만, 현대에서는 사정이 다르지 않은가.

그가 산 땅의 크기는 전혀 변하지 않았기 때문이다.

'돌아가면 무조건 일대의 땅부터 사들이고 봐야겠다.'

택중이 이렇게 결심한 것은 당연한 결과였다.

어찌 되었든 집의 크기는 대외적으로 보자면 확실히 커졌다.

하지만, 이건 어디까지 밖으로 드러난 것일 뿐.

공사가 길어지고 있는 진짜 이유는 따로 있었다.

끼익, 텅!

안마당 한가운데에 위치하는 한옥의 문이 열리며 한 사내가 보습을 드러냈다.

꼭 다문 입술에 고집이 묻어 나오는 중년인이었다.

그를 발견한 택중이 다가가 물었다.

"이제 끝났나 봐요?"

"나와 계셨습니까?"

공손히 인사부터 하고는 중년인이 되물었다.

"설마 계속 기다리신 건 아니시겠죠?"

뜨끔한 택중이었지만, 곧바로 손사래를 치며 대답했다.

"아뇨, 방금 왔어요."

실제론 그를 기다린 지 벌써 한 시진이 넘었지만, 자신의 조바심을 들키기 싫어 이렇게 말하고 있었던 것이다.

그러자 중년인은 다행이란 표정으로 고개를 끄덕였다.

"다행히 어려운 고비는 모두 넘겼습니다."

"그럼?"

"예, 진법이 모두 완성되었습니다."

"아!"

얼굴이 환해진 택중이 금세 웃음을 지으며 중년인의 손을 꼭 붙잡았다. 그러곤 소리쳤다.

"정말 수고하셨어요! 하하하하!"

그런 그를 중년인이 기꺼운 눈으로 쳐다보았다.

'참으로 쾌활한 분이시로군!'

기관 진식에 관한한 흑도 제일로 불리는 명관희(明冠熙)의 시선이 택중에게서 떨어질 줄을 몰랐다.

*　　*　　*

현관문이라고 할 수 있는 한옥의 문을 열고 집안으로 들어서는 택중. 그의 등 뒤로 명관희가 따라붙고 있었다.

그러면서 설명을 시작했다.

"집안에 들어서면 반드시 여기 이 단추를 누르십시오."

명관희가 가리키는 벽에는 열 개 남짓한 단추가 두 줄로 배열되어 있었다.

그걸 보며 택중이 말했다.

"말씀하신 번호 순서로 누르면 된다는 거죠?"

"예, 맞습니다."

일종의 번호 키인 셈인데, 현대의 그것과 다른 점은 번호를 쉽게 바꿀 수 없다는 점이었다.

그렇다곤 하지만 불안해할 필요가 없을 터였다.

번호는 택중과 명관희. 이들 두 사람만이 알고 있었기 때문이다.

"그다음엔⋯⋯."

명관희가 순서대로 설명하려 하자, 택중이 그의 말을 가로챘다.

"저기 있는 레버를 당기란 말씀이시죠?"

"레⋯⋯ 버라니, 그게 무슨 말씀이십니까?"

"아, 죄송! 습관적으로 그만. 그러니까 저기 저 막대를 아래로 당기란 얘기잖아요."

"그렇습니다."

일테면 문을 열고 들어와 번호 키를 눌러 보안 장치를 해제한 후, 마당을 가로지른 뒤엔 또다시 레버를 내리란 얘기다.

그럼 택중이 생활하는 공간을 제외한 장소에선 모조리 기관이 작동을 시작하게 된다.

물론 레버를 내리고 올릴 때도 택중만이 아는 코드대로 버튼을 눌러야 한다.

또한 당연한 얘기지만, 그가 원하지 않으면 레버는 올리지 않아도 상관없다.

그럼 집안에 있는 모든 기관은 모조리 정지하게 되는 것이다.

뭐, 여기까지는 현대식으로 따지면 보안 업체에서 해 주던 것과 그다지 차이가 없다.

굳이 비교하자면, 누군가 침입한 걸 아는 순간 보안 업체의 사설 경찰들이 출동하는 것이 아니라, 여기저기서 화살이 날아들고 칼날이 목을 날려 버린다는 점이었다.

'이 정도면 누구라도 감히 정문으로 침입할 생각을 못하겠지!'

적어도 문을 뚫고 침입할 수 없을 것임은 틀림없다.

만족한 얼굴이 된 택중의 시야에 마당 안에는 작은 창고가 비쳤다.

사실 그곳은 창고가 아니었다.

그곳엔 지하실로 통하는 문이 있었다.

그리고 지하실에는 집안의 모든 기관을 제어하는 장치들이 설치되어 있었다.

지하실은 제법 넓어서 설계 때부터 택중은 거길 진짜 창고로 쓸까 생각하는 중이었다.

'아예, 저곳에 금고를 설치할까? 아냐, 창고는 아무래도 다락이 나을 거야.'

이유는 간단하다.

자신이 머무는 곳에서 가장 가까운 곳이 바로 다락이었기 때문이다.

새로 집을 지으면서도 여전히 다락을 만들어 둔 이유가 여기 있었다.

대신 다락은 아예 천장과 벽을 철판으로 두르고, 창문조차 없애 버렸다. 거기에 이중 삼중의 보안 장치가 설치된 금고를 놓아 두었다.

한마디로 다락은 그 자체가 금고인 셈이었다.

잠시 생각에 잠기던 택중이 막 고개를 쳐들었을 때 명관희가 말했다.

"다음으로는 진법이온데, 아까도 말씀드렸지만 꼭 명심하신 것이 있습니다."

"아, 그거요? 절대로 장문 쪽으로는 나가지 말라는 얘기?"

"맞습니다. 또한 지붕 쪽으로도 올라가서는 안 됩니다. 다시 한 번 말씀드리지만, 지붕과 창문에 설치해 놓은 진법은 생문이 없습니다."

"위험하다는 얘기죠?"

간단하게 얘기하는 택중이었지만, 명관희는 그저 고개를 끄덕였다.

애당초 집에 대한 보안 수준을 극상으로 해 달라는 부탁을 먼저 해 온 것은 택중이었기에 명관희는 크게 걱정하지 않았다.

"마지막으로 땅을 파고 들어오는 침입자에 대해선……."

"……."

"아무 걱정도 하지 않으셔도 됩니다."

"……?"

"누구도 뚫지 못하겠지만, 혹시라도 일차 진을 뚫는다 쳐도, 이차 삼차가 마련되어 있어서 반드시 혹독한 대가를 치르게 될 것이니까요."

"만약 삼차 진까지 뚫는다면요?"

택중의 질문에 명관희가 옅은 미소를 베어 물었다.

그리고 말했다.

"아마도…… 지옥을 보게 될 겁니다."

"……!"

택중은 명관희의 얘기에 어쩐지 한기가 치미는 기분이 들었다.

덕분에 가을임에도 혹한의 추위를 느끼며 몸을 떨고 마는 그였다.

*　　　*　　　*

밤이 깊은 시간. 어디선가 밤 짐승 소리가 들려올 뿐, 세상은 적막함 속에 잠들어 있었다.

뿐만 아니라 택중의 집을 둘러싼 담장 밖에는 단 한 명의 무사도 보이지 않았다.

신병이기

딱히 얘기할 것이 없어서 문서 상으로 알려 주긴 했지만, 담장에도 나름의 보안 장치가 되어 있었기 때문이다.

거기에 더해 택중이 현대에서 가져온 CCTV까지 교묘하게 감추어져 있어서, 설사 침입하다가 포기하고 돌아가는 자가 있더라도 VTR에 녹화될 터였다.

한마디로 지금 택중의 집은 그야말로 난공불락의 요새나 다름없었다.

그러니 무시끼 미끼 필요할까.

따라서 겉으로 보자면, 택중의 집은 중요한 인물이 머물고 있다고는 생각지 못할 정도로 보였다.

그만큼 그의 집을 중심으로 한 일대는 다른 곳에 비해 더더욱 조용하기만 했다.

한데 시간이 흘러 달이 기울고 삼경이 넘어갈 때쯤, 그 정적 속으로 하나의 그림자가 스며들고 있었다.

그리고 집안에서는…….

"드르렁, 푸우……!"

택중이 아주 마음 놓고 잠들어 있었다.

그때였다.

쇄액! 쇄액! 쇄액!

안마당 쪽에서 날카로운 파공음이 터지는가 싶더니, 이어 세찬 바람 소리가 들려왔다.

휘익! 휙! 휙!

그와 동시에 단말마가 터졌다.

"끄억!"

그걸로 끝이었다.

이후, 더 이상 아무런 소리도 들려오지 않았다.

그리고 다음 날 아침. 날이 밝고 난 뒤……

스마트 폰에서 알람이 터지고, 택중이 눈을 떴다.

상체를 일으키며 크게 기지개를 편 그가 한차례 목을 좌우로 돌려 관절을 푼 뒤 그가 일어났다.

"아함!"

한바탕 하품을 하고 방문을 열고 나온 택중. 그가 안마당 쪽으로 시선을 던진 채 움직임을 멈췄다.

그러곤 눈동자에 서슬 퍼런 눈빛을 흘리며 중얼거렸다.

"걸려들었단 말이지!"

＊　　　＊　　　＊

마취산이 발라져 있던 화살을 맞고 쓰러진 사내가 다시 깨어난 것은 정오쯤이 되어서였다.

그때까지 팔짱을 끼고 기다리고 있던 택중이 끝내 참지 못하고 하품을 하려는 찰나였다.

"깨어났네요."

옆에서 은설란이 말했고, 택중이 주의를 환기하며 눈을
비볐다.

그럼에도 그의 눈가엔 이슬처럼 눈물 한 방울이 맺혀 있
었다.

어지간히도 지겨웠던 모양.

그 억울함과 울분을 눈빛에 가득 담아 사내를 무섭게 쏘
아본 뒤, 택중이 소리쳤다.

"네놈은 누구냐!"

중원에 온 지도 반년이 넘은 택중이었기에, 이제는 중국
말을 자유자재로 구사하는 그였기에 놈이 못 들었을 리 만
무.

한데도 사내는 눈을 힘겹게 뜬 채로 택중과 은설란을 차
례로 바라볼 뿐 아무런 대답도 하지 않았다.

화가 치민 택중이 앉아 있던 의자를 박차며 일어섰다.

"아, 진짜 열 받네!"

얼굴이 벌게져서 앞으로 달려 나가려는 참이었다.

스윽.

가녀린 손 하나가 그의 앞을 막아섰다.

"......?"

택중이 바라보니, 은설란이다.

그녀가 말했다.

"고 공자께서 앉아 계세요. 취조는 제가 할게요."

"그, 그런 수고를 끼쳐도 되겠어요?"

"우리 사이에 무슨 소리를 하는 거예요."

옅은 미소를 지으며 걸어 나가는 은설란. 그녀를 보는 택중의 눈동자가 살짝 떨리고 있을 때 그녀가 말끝에 한마디 덧붙였다.

"뭣하면, 끝나고 라면 좀 끓여 주시든가요."

와락.

택중의 얼굴이 일그러지고 있을 때였다.

촤라라라락.

허리춤에서 자신의 성명병기인 채찍을 꺼내 허공에 대고 한차례 휘두른 뒤, 은설란이 나직하게 말했다.

물론 상대는 앉은 채 사지가 묶여 있는 사내였다.

"소속은?"

"……."

"이름?"

"……."

"목적?"

"……."

한동안 은설란의 질문은 계속되었다.

그러나 그 어떤 대답도 들려오지 않았다.

쐐애애액!

결국 참지 못한 은설란이 채찍을 한차례 크게 휘두르자, 사내의 뒤쪽 벽에서 엄청난 타격음이 터졌다.

그 소리에 화들짝 놀란 택중이 현실을 실감했는지 마른 입술에 침을 축였다.

그러면서 더듬거렸다.

"저, 실내 좀 히, 치죠?"

홱!

순간 은설란의 고개가 세차게 돌아가며 택중을 쳐다보았다.

'헉!'

난생처음 본 표정이었다.

뭐랄까.

꼭 원수에게 지아비를 잃은 청상과부의 눈빛이랄까.

하여간, 누구든 끼어들면 요절을 내고 말겠다는 의지가 잔뜩 깃들어 있었다.

놀란 택중이 침을 삼킬 때 은설란이 나직이 얘기했다.

"고 공자께선 나가 계시죠."

"그, 그럴까요?"

말이 끝나는 것과 동시에 몸을 일으킨 택중은 한 번 돌아서더니 뒤도 안 돌아보고 지하실을 빠져나가기 시작했다.

텅, 텅텅텅텅텅!

쇠로 만든 계단을 빠르게 밟아 밖으로 나간 택중. 그가 안마당 한가운데 있는 문을 닫으며 크게 숨을 들이켰다.

하지만, 그것만으론 부족했던가.

부르르르.

다시 생각해도 오한이 들 만큼 두려운 표정. 은설란의 얼굴이 떠오른 택중이 중얼거렸다.

"라면…… 곱빼기로 끓여 줘야겠다."

*　　　　*　　　　*

여인이 묻고 있었다.

"가상하다고 해 두죠. 지붕은커녕 땅으로도 창문으로 들어오지 못한다는 걸 알고는 감히 간 크게도 대문을 넘어 들어온 그 용기만은 인정하겠다는 말이에요."

순간, 사내는 자신도 모르게 눈을 크게 뜨고 말았다.

여인의 입가에 잠깐 머물다가 사라지는 미소 한 줄기를 보았기 때문이다.

'……!'

저런 미소를 예전에도 한차례 본 적이 있었던 것이다.

그때 함께 잡혔던 밀영들은 누구도 살아남지 못했다.

사실 자신도 그때 죽었어야 맞는데, 정말 천운으로 살아 남았던 터다.

꿀꺽.

사내가 가슴 깊은 곳에서부터 치밀고 올라오는 두려움을 참지 못하고 침을 삼킬 때였다.

"하지만, 실수예요. 여기가 어디라고 함부로 발을 들였 난 밀이네요?"

사박사박.

앞으로 천천히 걸어오는 여인. 그녀가 갑자기 멈춰 서더니 치맛단을 걷어 올려 한쪽 허리춤에 묶고 있었다.

그러곤 물었다.

"다시 한 번 묻죠. 대체 그동안 고 공자를 죽이려 한 건 어째서인가요?"

"……!"

순간 사내는 억울함에 얼굴이 달아오르고 말았다.

'제, 제길! 지난밤 처음으로 침입한 것뿐이거늘!'

하지만 이러한 사실을 입 밖으로 낼 수는 없다.

별거 아닌 사실인지 모르지만, 이것 또한 일종의 정보라는 점에서도 그렇고, 그전에 무엇이 되었든 입을 연다는 것 자체가 자존심 상하는 일었기 때문이다.

하지만 여인은 가차 없었다.

휙!

가벼운 바람 소리가 사내의 귀를 파고드는 찰나였다.

빠각!

그녀의 발이 그의 턱을 사정없이 후려쳤다.

"끅!"

자신도 모르게 신음을 터뜨린 사내를 향해 여인이 다시 물어 오고 있었다.

"대답할 마음이 없는 모양인데, 그럼 이렇게 하죠."

"……?"

"이제부턴 아무것도 묻지 않도록 할게요."

말이 끝나는 것도 동시에 밀려드는 섬뜩한 기운에 사내가 눈을 치뜨는 순간이었다.

퍽!

"끄억!"

콰직!

"억!"

쐐액! 촤아악!

"윽!"

타격음과 파공성이 연이어 들리고, 그 뒤로 매번 터지는 신음과 비명이 지하실을 울렸다.

＊　　　　＊　　　　＊

"끄아아아아아!"

지하실로 통하는 문을 뚫고 들려오는 비명 소리에 택중은 몸서리쳤다.

놈을 지하실로 끌고 들어갈 때 이미 각오하고 있었지만, 실제로 닥치고 보니 생각과 달라도 너무 달랐던 것이다.

더욱이 이러한 상황을 만들어 내고 있는 게 은설란이라고 생각하니 절로 몸이 떨려 왔다.

'보기보다 독하네!'

한차례 혀를 내두르는 택중. 하지만, 그는 모른다.

지금 은설란이 어떠한 심정으로 발을 날리고 주먹을 내지르며 채찍을 휘두르는지를.

단순히 지난번 악양에서의 고난 때문만은 아니었다.

굳이 말하자면, 지금의 그녀는 그간 마음 졸이며 지내 온 데에 대한 복수심에 휩싸여 있었다.

거기에 한 사람에 대한 마음이 그녀를 독한 여인으로 탈바꿈시켰던 것이다.

이를 알 리 없는 택중이 끝내 양손으로 귀를 막고 주저앉았을 때였다.

툭!

누군가 어깨를 건드리는 감각에 택중이 화들짝 놀라 뛰어올랐다.

"우아아아악!"

평소와 달리 엄청 과민하게 반응하는 그를 향해 갈천성이 물었다.

"여기서 뭐하나?"

"아휴! 놀래라!"

갈천성의 얼굴을 확인한 택중이 가슴을 쓸어내렸다.

그러면서 되물었다.

"영감님은 여기 어쩐 일이시래요?"

"응? 그야, 지금쯤 취조가 시작되지 않았을까 하고……."

바로 그때였다.

끼익, 텅!

지하실 문이 열리며 은설란이 모습을 드러냈다.

"오셨어요?"

다소 살벌한 인상을 채 지우지 못하고 그녀가 갈천성을 향해 묻고 있었다.

"끝났나 보군?"

갈천성이 되묻자, 그녀가 대답했다.

"예, 방금 불었어요."

"……!"

택중이 놀랍다는 듯 그녀를 보았다.

그의 생각에는 사내의 인상이 꽤 강직해 보였던 까닭이다.

목에 칼이 들어와도 입을 열지 않을 것만 같았던 것이다.

그간 온갖 궂은일을 다하고 살아온 그였기에, 적어도 사림 보는 눈은 있는 그였다. 그럼 그의 눈이 틀릴 리가 없는데……

'무, 무서운 여자!'

택중이 은설란을 보며 벌린 입을 다물지 못했다.

그때였다.

"그래, 역시 정도맹이던가?"

갈천성이 물었고, 들려온 대답은 뜻밖이었다.

"아뇨."

"그럴 줄 알았…… 응?"

"정도맹이 아니에요."

"그럼?"

"마교더군요."

"……!"

"……!"

대답을 들은 갈천성과 택중의 눈이 한껏 커지고 말았
다.

* * *

추풍객 공달. 그에게 있어서 천하를 울리는 명성 따윈 필
요치 않다.

그럼에도 그는 자부한다.

무공과 학식이라면 몰라도, 적어도 침입과 정보 수집에
관해서 만큼은 천하에 있어서 그를 따를 자는 없노라고!

'꽤 공을 들였군!'

그런 그였지만, 객잔 삼층 창문을 통해 택중의 집을 바라
보고 있던 공달이 혀를 내두르고 있었다.

"그래 봐야 헛짓이었단 걸 가르쳐 주지!"

굳이 가 보지 않아도 지붕과 창문에 설치된 진법 따윈 한
눈에도 알 수 있다.

물론 안다고 해서 뚫을 수 있는 건 아니지만, 적어도 그
곳에 위험이 존재한다는 건 알 수 있다.

또한 정문을 뚫고 들어가는 미련한 짓도 할 생각이 없었
다.

지붕과 창문에 저 정도 수준의 진을 설치했다면, 정문과

마당 쪽에도 그에 버금가는 기관이나 진법에 있을 게 빤하니까.

'흐흐흐. 하지만, 나 공달이 들어가지 못할 곳은 없다!'

사실이었다.

그가 마음만 먹는다면 아미파 장문인인 해연신니의 속옷을 훔쳐 오는 정도는 아무것도 아닐 정도니까.

'위가 안 되면 아래로 가면 되는 거지. 흐흐흐흐!'

공달이 웃음을 흘렸다.

'이번이 마지막 임무!'

반드시 성사시켜야만 할 터였다.

그러지 않으면 정도맹 십대고수 중 하나이며, 말보다 손이, 아니, 칼이 먼저 나가는 폭급한 성정의 고수 진천쌍극 염수광에게 단칼에 목이 날아갈 터이기에.

절대무쌍!

사 권 이후의 책들을 입수해야 한다.

이번 거사를 치르기 전 반드시 가져오라는 엄명이었다.

그리고 그 시한은······.

꾹!

택중의 집을 바라보는 공달의 눈가에 기광이 터져 나왔다.

단목원은 창을 사이에 두고 밤하늘을 올려다보고 있었다.

그 뒤로는 황서지가 서 있었다.

그가 늙수그레한 음성으로 물었다.

"과연 성공할 수 있겠습니까?"

그의 물음에도 단목원은 좀처럼 대답하지 않았다.

"비록 밤에는 저 달이 하늘을 밝히고, 그 사이 태양은 보이지 않습니다만, 내일 아침이면 또다시 태양이 떠오르겠지요. 그리고 하루 종일 그 빛을 잃지 않고 세상을 비출 터입니다."

"……."

다소 엉뚱한 얘기.

그럼에도 황서지는 가만히 듣고만 있었다.

그가 알고 있는 단목원이라면 지금과 같은 때에 실없는 소리를 해 댈 리가 없었기 때문이다.

아니나 다를까.

이어지는 단목원의 얘기에 황서지는 절로 고개를 끄덕일 수밖에 없었다.

"태양은 그 자체로 빛나는 존재이기 때문입니다."

"이르다 뿐입니까."

황서지는 단목원을 향해 '소주께서 그러한 존재이니 어찌 제가 모르겠습니까?' 하는 눈빛을 해 보였다.

그의 속내를 읽은 것일까.

돌아선 단목원이 싱긋 미소 짓더니 말했다.

"제 얘기가 아닙니다."

"……하시면?"

"그자를 두고 하는 말입니다."

"서, 설마……!"

"왜 아니겠습니까? 하늘에 수없이 많은 별이 있다 한들 태양은 하나일 뿐이지요."

"그, 그럼 이번에도 역시 실패한다는 얘기입니까?"

황서지가 놀라서 되묻자, 단목원이 고개를 내저었다.

"그야 모를 일이이죠. 군사께서 제대로 준비를 했다 하니, 기대를 걸어 보는 것도 나쁘진 않을 것이에요."

잠시 말을 아끼던 단목원이 다시 말했다.

"어찌 되었든 저 역시 슬슬 준비해야겠지요."

"……?"

"바람이 불어오는데, 계속해서 나다닐 수는 없는 일. 썩은 둥지일망정 비가 오기 전에 돌아가는 게 맞을 터입니다."

"아!"

기쁨에 겨운 눈빛을 흘리며 황서지가 그를 보았다.

그런 그에게 단목원이 웃음을 지어 보였다.

"이레 뒤 떠날 터이니, 준비를 부탁드립니다."

"이르다 뿐입니까요!"

황서지가 감격에 어린 외침을 터뜨렸다.

그러면서 고개를 숙이는데, 그 순간 단목원의 입매가 살짝 말아 올라갔다가 내려오고 있었다.

*   *   *

택중은 목이 말랐다.

머리맡에 두었던 물그릇을 찾아 손을 뻗었던 그는 난데없이 들려온 소리에 놀라지 않을 수 없었다.

쨍그랑!

어느새 비어 버린 물그릇이 그의 손에 부딪혀 바닥에 나뒹굴며 나는 소리였다.

"콜록! 콜록!"

요새 감기가 오는지, 밤이면 꼭 목이 마르던 그다.

그래서 물그릇을 가져다 두었는데, 어느새 다 마셔 버린 모양이었다.

하는 수없이 몸을 일으킨 택중이 비척대며 방을 나섰다.

사방이 어두워서 앞이 잘 보이지 않았지만, 어림짐작만으로도 부엌쯤을 찾아갈 수 있을 터였다.

하지만 착각이었던가?

툭!

안방과 부엌을 잇는 툇마루 한복판에서 그는 뭔가에 걸려서 휘청거렸다.

"억!"

심쩍 늘더니 비틀거리던 그는 간신히 몸이 중심을 잡을 수 있었다.

만일 그동안 무공을 열심히 연마하지 않았다면, 한마디로 예전의 그였다면, 반드시 쓰러지고 말았을 상황이었다.

"휴우!"

안도의 한숨을 내쉬던 택중이 눈을 흡떴다.

"헉!"

또다시 놀란 그가 뒤로 후다닥 물러섰다.

어둠 속에서 그는 보았다.

흐릿하게 시야를 채워 오는 그 무언가를.

그것은······.

'시, 시체?'

달리 말할 수 없을 터였다.

틀림없이 사람의 모습을 한 그것은 툇마루 한복판에 늘어져서 미동도 하지 않았다.

꿀꺽!

택중은 마른 침을 삼키며 천천히 다가갔다.

그러곤…….

꾹!

발끝으로 시체로 보이는 걸 살짝 건드려 보았다.

움직임은 없었다.

툭!

이번엔 좀 더 힘을 주어 차 보았다.

역시 움직임이 없다.

그제야 안심했는지 택중이 긴장의 끈을 풀었다.

바로 그 순간이었다.

휙!

시체로부터 번개와 같은 움직임이 있었고, 그걸 느낀 순간 택중이 뒤로 물러서기 위해 몸을 움직였다.

아니, 그러려고 했다.

하지만 그럴 수 없었다.

턱!

어느새 손 하나가 뻗어 나와 그의 발목을 움켜잡았기 때문이다.

바로 그 순간, 놀란 택중이 다른 쪽 발을 있는 힘껏 내질렀다.

쐐액!

거침없는 발길질에 바람이 이는 순간,

빠각!

시체, 아니 그 누군가의 머리통이 엄청난 소리를 내며 들썩거렸다.

＊　　　＊　　　＊

"허어! 대체 어찌했기에 저런단 말인가?"

"아니라니까 그러네요."

"아니긴 뭐가 아닌가? 좀 살살 좀 하지. 아예 산송장을 만들어 놨구먼!"

"아니라고 했잖아요! 저는 그냥 발길질 한 번 했을 뿐이라니까 그러네요!"

억울한 듯 소리치는 택중을 갈천성이 바라보며 혀를 찼다.

그도 그럴 만하다.

지금 지하실에서 사지가 묶인 채 앉아 있는 사내의 몰골은⋯⋯.

'아주 걸레를 만들어 놨구먼! 아니긴 뭐가 아니란 건지!'

갈천성만이 아니라 누가 보더라도 달리 생각할 수 없을 터였다.

머리는 아예 타 버렸고, 옷은 찢기고 해져서 거지도 입지 않을 정도였다.

뿐만 아니다.

온몸에 난 상처는 셀 수가 없을 정도고, 그 하나하나가 중상이 아닌 것이 없었다.

여기서 끝났다면 갈천성도 그러려니 했겠지만, 안타깝게도 사내의 상태는 그게 다가 아니었다.

뼈마디가 완전히 으스러진 곳만 네 곳에 이르렀고, 개중에는 팔꿈치와 무릎도 포함되어 있어서 사지가 완전히 뒤틀린 모습이 끔찍하기 이를 데 없었다.

'제압하려면 깔끔하게 할 터이지······.'

뭐, 그간의 울분을 풀어낸 것이라 볼 수도 있겠지만······.

고수 씩이나 되어 가지고······.

갈천성이 못마땅하다는 표정을 지어 보이며 택중을 보았다.

당연히 그의 눈빛을 받는 택중은 미치고 환장할 노릇이었다.

"아이 씨. 진짜 내가 저런 거 아닌데······."

머리를 벅벅 긁던 택중이 문득 떠오른 생각에 주먹으로

손바닥을 쳤다.

그러곤 외쳤다.

"아! 그렇구나!"

그가 서둘러 말했다.

"아무래도 땅 쪽으로 침입했던가 보네요!"

갈천성이 시큰둥하게 대꾸했다.

"그건 나도 알고 있네. 근데, 그게 무슨……."

"아, 그러니까요. 냉 씨 아서씨가 그랬디고요! 누구라도 땅을 통해 침입하려 들면 지옥을 보게 될 거라고!"

"흠…… 그럴듯한 얘기였네."

"와! 지금 절 못 믿는 거예요?"

갈천성이 어깨를 으쓱해 보였다.

답답해진 택중이 은설란 쪽으로 시선을 던졌다.

도움을 요청하는 눈빛이었다.

한데 바로 그 순간이었다.

"끄으으으."

사내가 신음을 흘리며 깨어나려 하고 있었다.

그러자 그때까지 사내를 향해 다소곳한 눈길을 던지고 있던 은설란이 표정을 바꿨다.

흠칫.

놀란 택중이 눈을 깜박거렸을 때, 은설란이 말했다.

"모두 나가세요."

꿀꺽.

택중이 고개를 끄덕이며 돌아서다가, 가만히 지켜만 보고 있는 갈천성의 옆구리를 찔렀다.

"응?"

갈천성이 왜 그러냐는 듯 쳐다보자, 택중이 고개를 빠르게 내저으며 그의 팔을 이끌었다.

그리고 밖을 향해 나가려 할 때였다.

"끄어……."

정신을 차렸는지 사내가 신음과 함께 말했다.

"나…… 추풍객 공달! 어디든 가지 못할 곳이 없고, 뚫지 못할 데가 없다!"

대단한 놈이 아닌가.

깨어나자마자, 저런 식으로 엄포를 놓다니!

택중은 어쩌면 이번엔 은설란으로서도 놈의 입을 열지 못할지도 모른다는 생각이 들었다.

그때 은설란의 음성이 택중의 귓가로 흘러들었다.

"좋아요. 그 자세…… 존중하도록 하죠."

촤라라라라락!

그녀의 손에서 펼쳐진 은살첩혈편이 소름끼치는 소리를 내고 있었다.

그리고 이어지는 은설란의 차가운 목소리.

"기대해 보겠어요."

쐐애애액!

살기등등한 파공성이 허공을 찢어발겼다.

바로 그때였다.

"자, 잠깐!"

쐐액!

"으이이익! 밀힌다! 밀힐 데니꼐, 제발!"

파파파팟!

공달의 뺨을 스쳐 간 채찍이 벽을 힘껏 후려친 순간, 공
달이 재빨리 외쳤다.

"지금 이곳으로 호천대가 오고 있다!"

"……!"

"……!"

"……!"

순간적으로 무거운 침묵이 지하실을 내리눌렀다.

제33장
호천대(護天隊)

강기슭에 한 무리의 인영이 먹구름으로 인해 달조차 숨고
만 새벽녘이었다.

시커먼 야행복을 입고, 복면을 뒤집어쓴 그들은 하나같이
날랬다.

서로 간 아무런 신호도 주고받지 않으며 강변으로 올라서
는 사람의 수가 어느새 백여 명을 넘어섰을 때, 우문락은
한 줄기 전음을 띄웠다.

―여기서부터 거리가 얼마나 되는가?

능군악이 대답했다.

―그다지 멀지 않습니다. 이각이면 충분할 겁니다.

―그렇다면…….

우문락은 한차례 고개를 끄덕이곤 허리춤에서 검을 뽑아 들었다.

스릉.

적막한 강변에 금속성이 울렸다.

―전격적으로 해보도록 하지.

우문락의 애기에 능군악이 눈을 빛내곤 무사들 중 한 명을 손짓으로 불렀다.

어지간한 자완 비교가 불가할 정도로 커다란 덩치를 지닌 사내였다. 보통 사람보다 머리 하나는 더 큰 자였던 것이다.

그만큼 거구이니 움직임이 둔할 만도 하련만 사내의 움직임은 몹시 민첩했다.

그럴 수밖에.

맹 내에서도 손에 꼽히는 특수전대. 호천대의 수장인 남곤(南昆)이 그였기 때문이다.

잠시 동안 능군악과 전음을 주고받는지, 말없이 고개만 끄덕이던 남곤이 얼마 뒤 수하들에게 달려갔다.

그때부터 백여 명의 호천대 무사들은 준비하기 시작했다.

암습은 물론 각종 특수 임무에 특화된 부대라는 걸 증명이라도 하려는지, 그들은 능숙하게 움직이고 있었다.

타고 온 배를 덤불 사이에 숨기고, 원래는 불을 피워 그 을음을 이용해 검광을 죽였어야 할 것을, 대신 숯가루를 녹 인 물에 적셔 만든 먹지로 검날을 닦아 암검(暗劍)을 만들 었다.

그러곤 자신들의 발에 두꺼운 무명천을 몇 겹이나 묶어 소리를 죽일 수 있게 만들었다.

뿐만 아니었다.

모두는 등에 두 자루의 단창을 꽂고 있었다.

그렇게 호천대는 소리 없이 어둠을 뚫고 흑사련 총단을 향해 몸을 날렸다.

아니, 그러려는 순간이었다.

핑!

가벼운 파공음이 대기를 갈랐다.

"끅!"

비명 한줄기가 어둠을 흔들었고, 그와 동시에 호천대 무 사 하나가 고꾸라졌다.

"적이다!"

다급한 외침이 뒤따랐고, 모두는 일제히 움직임을 멈추며 방어 태세에 들어갔다.

서로 간에 등을 맞댄 채 전방을 주시하며 검을 치켜들었 다.

핑!

그 순간 다시 한 번 들려오는 파공음. 그와 함께 희끗한 무엇이 허공을 뚫고 날아들었다.

'화살?'

우문락이 눈썹을 치켜세운 채 검을 휘둘렀다.

깡!

불꽃이 튀는 순간, 그의 검이 화살을 쳐 냈다.

그러면서 그가 외쳤다.

"당황하지 마라!"

수하들을 향해 소리친 뒤 우문락이 전방을 향해 몸을 날렸다.

쐐액!

가히 섬전 같은 빠름이었다.

"흩어져라!"

그의 등 뒤에서 호천대주 남곤의 외침이 들려왔다.

급작스러운 상황 변화에도 재빨리 적응해 냉철함을 찾아가는 그였다.

뜻밖의 기습으로 인해 불리한 전황이 되고 말았지만, 어둠은 딱히 적아를 구분하지 않으니 따지고 보면 이쪽이나 저쪽이나 앞이 잘 보이지 않기는 마찬가지.

그렇다면 선수를 뺏겼다는 점 외엔 지금의 상황이 그다지 불리할 것도 없다.

설사 이곳이 흑사련의 본거지이며, 포위당한 형국이 되고 말았다고 해도 상관없었다.

호천대가 지닌 전력이면 뚫고도 남을 것이란 생각이었기에.

핑! 핑! 핑! 핑!

"꺽!"

"으악!"

하지만 우문락은 이내 깨달을 수 있었다.

'어, 어찌?'

자신의 판단이 틀렸다는 걸 알아차리는 데엔 촌각의 시간도 필요치 않았던 것이다.

어둠을 뚫고 날아오는 화살은 호천대 무사들의 미간, 혹은 가슴을 어김없이 꿰뚫고 있었다.

마치 눈이 눈이라도 달린 듯 정확하게 날아들었다.

'대체 얼마나 많은 고수들을 동원했기에?'

우문락은 침중한 눈빛이 되어 능군악에게 전음을 날렸다.

—이래선 아이들이 모조리 죽게 될 걸세.

말은 틀리지 않았지만, 문제는 난관을 타계할 뾰족한 방법이 없다는 데 있었다.

하지만 능군악은 물론 우문락과 염수광은 정도맹에서도

손꼽히는 고수들이다.

염수광이 더는 들을 필요가 없다는 듯 소리쳤다.

"씨앙! 더 볼 것도 없소!"

그가 땅을 박차고 크게 도약했다.

그러곤 어둠 속에 희끗하게 보이는 수풀을 넘어 힘차게 검을 휘둘렀다.

그물처럼 촘촘하게 펼쳐진 그의 감각에 걸린 하나의 인기척을 향해 칼날을 날린 것이다.

쐐액!

가히 벼락같은 일격이었다.

휘익!

하지만 검날에 걸리는 것은 아무것도 없었다.

'어, 없어?'

아무런 의미도 없이 허공을 베고만 염수광이 두 눈을 부릅뜨며 몸을 떨었다.

당황함보단 황당한 기분에 휩싸인 염수광. 그가 검을 채 거두지도 못하고 마른침을 삼키고 있을 때 화살들은 여전히 대기를 갈랐다.

핑! 핑! 핑! 핑!

그때마다 호천대의 무사들은 속수무책으로 쓰러지고 있었다.

깡!

가끔 죽기 살기로 휘두른 몇몇 무사들이 화살을 쳐 내긴 했지만, 대부분은 그렇지 못했다.

"끄아아아!"

"크헉!"

"으악!"

삽시간에 쓰러진 무사들.

싸움 같지도 않은 싸움이 시작된 지 겨우 일각도 지나지 않아 호천대의 무사들 중 절반이 당하고 말았던 것이다.

'실패다!'

그렇다.

우문락의 눈에 비친 현재의 상황은⋯⋯.

철저한 실패였다.

어두운 얼굴이 된 그가 콧잔등을 꿈틀거렸다.

기습을 하려다가 되레 습격을 당했다는 것이 그의 심기를 몹시 거슬렸다.

"크윽⋯⋯."

신음을 흘리던 그가 갑자기 대소했다.

"크하하하하하!"

들고 있던 검을 내리며 그가 가슴을 앞으로 내밀었다.

그러곤 소리쳤다.

"나, 우문락이다!"

일대를 크게 울리는 쩌렁쩌렁한 목소리. 마치 불문의 사자후와 같은 외침이 얼마나 컸던지, 화살은 더 이상 날아오지 않았다.

대신 어디선가 들려오는 한줄기 음성이 우문락의 귓가를 때렸다.

"그래서요?"

뜻밖의 반응이었다.

우문락으로선 눈을 치뜨지 않을 수 없었다.

정도맹 십대고수 중 다섯 번째에 이름을 올린 무인이 바로 자신 아니던가.

분광검신(分光劍神)이란 별호가 말해 주듯, 그가 지닌 무위는 천하를 뒤흔들고 있었다.

한데, 상대의 반응은 마치⋯⋯.

난생처음 들어 본다는 식의, 아니, 무명소졸을 대하는 듯하지 않은가.

우문락의 얼굴이 와락 일그러지다 못해 시뻘겋게 달아올랐을 때였다.

화악!

갑자기 눈앞이 밝아졌다.

어둠에 익숙해져 있던 탓에 호천대의 무사들이 저도 모르게 눈을 감고 말았다.

하나 그때에도 우문락은 서슬 퍼런 눈빛을 감추지 않고 전방을 쏘아보았다.

대체 어떤 놈이 있어, 자신을 농락하는지 확인하고자 했던 것이다.

"……!"

그리고 그는 놀라고 말았다.

비거서서시 횃불이 꺼지며 일대에 내려앉았던 어둠을 못 아내었을 때, 그는 보았던 것이다.

한 사내. 어느 곳엘 가든 볼 법한 평범한 인상의 사내가 맑은 미소를 띠운 채 자신을 바라보고 있었다.

아무리 봐도 고수라고는 느껴지지 않는 사내가 자신을 똑바로 쳐다보고 있었다.

"누군가?"

우문락의 입술이 열리며 흘러나온 한마디. 침중하지만 어딘지 모르게 떨리는 음성에는 수많은 감정이 녹아 있었다.

자신들이 오늘밤 이곳으로 올 것임을 어찌 알았는지.

또 어떻게 그렇게 정확하게 화살을 날려 호천대의 무사들을 죽일 수 있었는지.

무엇보다도 초절정 고수에 이른 세 사람, 자신과 두 명의 사제들의 검격을 쉽사리 피해 낼 수 있었는지.

쉴 새 없이 떠오르는 의문은 우문락을 쉽사리 놔주지 않
았다.

하지만 상대는 너무나 쉽게 대답했다.

"누군지도 모르고 죽이려 왔다는 건가요?"

피식.

웃음을 흘리는 택중.

그를 우문락이 휘둥그레진 눈으로 쳐다보았다.

"하, 하면 자네가?"

"고택중이라고 해요."

"……그렇군."

단 한순간 모든 걸 받아들이고만 우문락. 그가 고개를 끄
덕이며 말을 이어 갔다.

"자네가 신기서생이었군."

이름 석 자만으로도 모든 걸 납득한다는 듯한 표정이었
다.

바로 그때였다.

후웅!

거칠게 칼날을 휘두른 염수광이 고함쳤다.

"놈! 내 칼을 받아라!"

그러곤 누가 말릴 새로 없이 땅을 박찼다.

팟팟팟팟팟!

두 발로 연이어 땅을 찍어 차며 노도처럼 쏘아진 그의 신형이 택중을 향해 무섭게 쇄도했다.

타핫!

마침내 오 장여의 간격을 사이에 두고 도약한 염수광이 검을 치켜들었다.

쐐액!

벼락같은 일격이 택중을 향해 떨어졌다.

한데 그때까지도 택중은 움직이지 않고 있었다.

그저 선채로 염수광이 다가오는 걸 보고, 검을 휘두르는 걸 바라만 보았다.

"크윽!"

그것이 더욱더 염수광을 자극했음인가.

염수광은 단전에서 공력을 일으켜 자신의 검에 내공을 덧씌웠다.

"고, 공자님!"

흑사련의 누군가가 놀라서 소리치는 순간, 염수광의 검날에 시퍼런 검강이 생겨났다.

그리고 그것은 조금의 망설임도 없이 택중의 머리 위로 떨어졌다.

바로 그 순간이었다.

번쩍!

섬광이 터졌다.

쾅!

거의 동시에 폭음이 일어났다.

삽시간에 사방으로 터져 나간 빛무리가 일대를 쓸고 간 뒤였다.

스스스스스.

빛이 사라지고, 폭발 같은 충돌로 일어났던 먼지가 가라 앉았을 때 모두는 눈이 휘둥그레지지 않을 수 없었다.

"쿨럭! 쿨럭!"

저만치 나뒹굴고 있는 한 사내.

머리칼이 산발한 채 바닥을 구르면서 쉴 새 없이 기침을 해 대는 사내는 다름 아닌 염수광이었던 것이다.

"사제!"

능군악이 놀라서 달려가려는 순간, 우문락이 손을 들어 그를 제지했다.

그러면서도 택중에게서 눈을 떼지 않고 있었다.

으득!

그제야 능군악 역시 택중에게 시선을 돌리며 이를 갈았 다.

동시에 그는 냉철함을 되찾고 생각에 잠겼다.

'단 일 수에 사제를 저리 만들었다는 것은……'

고수다.

그것도 자신들보다 한 수 위라 할 수 있다.

하지만…….

아무리 봐도 약관을 갓 넘긴 나이로밖에는 보이지 않거늘.

다른 건 그렇다 쳐도, 저 정도의 무위를 지니려면 막대한 내공이 필요할 것인데…….

하나 능군악의 눈에 비친 택중이란 사내는…….

'고수로서의 면복이 보이시 않거늘.'

무공 수련은 얼마간 했는지, 근육은 잘 발달되어 있다.

그러나 그뿐이었다.

양강의 내공을 축기하면 발달되기 마련인 태양혈이 튀어나온 것도 아니고, 그렇다고 음공 계열을 익힐 때 나타나는 창백한 피부도 아니다.

그렇다면 뭐란 말인가?

대체 저 몸 어디에서 저런 막대한 내공이 있단 말인가!

'서, 설마?'

능군악이 불현듯 떠오른 생각에 눈을 치떴을 때였다.

우문락이 고개를 끄덕이며 말했다.

"대단하군. 그 젊은 나이에 그런 경지라니……."

"아뇨, 뭔가 오해가 있나 본데. 할아버지가 생각하는 그런 거 아니거든요."

"……그런가?"

한순간 눈을 치떴던 우문락의 얼굴에 점차 미소가 번졌다.

그러곤 중얼거리는 그였다.

"무림에 일대종사가 나오려는 것인가?"

표정은 달랐지만, 능군악 역시 마찬가지 반응이었다.

육순이 넘어서야 초절정의 단계에 발을 들인 자신은, 그러고도 가슴을 펴고 당당하게 고개를 쳐들었건만.

눈을 가늘게 해 보이며 택중을 바라보는 능군악의 얼굴에 감탄의 빛이 어렸다.

바로 그때였다.

"어떤가?"

우문락이 묻고 있었다.

"뭘 말인가요?"

택중이 되묻자, 우문락이 바로 대답했다.

"처지가 우습게 되긴 했지만, 이 늙은이는 아직 제대로 검을 휘두르진 않았다네."

"……."

그 말속에 담긴 뜻이 무엇인지 모를 만큼 우둔한 택중이 아니었다.

만일 우문락이 제대로 검을 휘두르기 시작하면, 오늘밤 이곳에 온 흑사련의 무사들 중 태반은 죽거나 혹은 크게 몸을 상하게 될 터다.

택중이 비록 흑사련에 정식으로 소속된 무인은 아니었지만, 그렇다고 해서 그동안 식구처럼 지내 온 흑사련의 무인들을 모른 체 할 만큼 차가운 성격도 아니다.

더욱이…….

스윽.

그의 시선이 옆으로 돌아갔다.

그곳엔 한 명의 여인이 서 있었다.

그녀, 은설란이 전음을 날려 왔다.

―절대로 무리할 필요는 없어요!

잔뜩 흔들리는 눈동자로 자신을 바라보는 은설란을 향해 택중이 미소를 지어 보였다.

그런 모습에 은설란은 다급해졌다.

―저자의 무위는 고 공자가 생각하는 것보다 훨씬…….

―알아요.

대체 뭘 안다는 건가!

분광이 하늘을 뒤덮으면 신룡조차 빠져나갈 수 없다고 했거늘.

그래서 분광검신이라는 어처구니없을 만큼 대단한 별호

를 지닌 무인이 바로 우문락이다.

한데도 택중은 상대를 너무 쉽게 보고 있다.

이 모두가 강호의 사정에 어두운 탓인 터.

그녀는 택중을 향해 다시 한 번 외치려고 했다.

그 순간, 택중이 고개를 돌렸다.

그러곤 검을 뽑았다.

스릉.

차가운 금속성이 대기를 울렸을 때, 우문락이 고개를 끄덕였다.

"결단력까지 갖추었군."

그 역시 손을 움직여 허리춤에서 검집을 풀었다.

이어 아무렇게나 던져 내곤 말했다.

"부탁 하나 함세."

"말씀하세요."

"자네가 죽든, 내가 죽든……."

죽는다는 표현을 너무나 쉽게 사용하고 있었다.

그렇다는 것은 이미 그가 결심을 했다는 얘기.

사생결단(死生決斷).

생사결을 위해 검집까지 버린 것임을 뒤늦게 깨달은 택중이 이어질 우문락의 얘기에 귀를 기울였다.

"다른 이들은 무사히 돌려보내 주도록 하면 어떤가?"

신병이기

질문은 단순했고, 대답도 명쾌해야 옳을 터였다.

가부(可否) 간 하나만을 택하면 될 것이었다.

그러나 택중으로선 쉽게 답할 수 있는 게 아니었다.

그가 머리를 긁적이며 말했다.

"글쎄요……."

"왜, 어려운가?"

"제가 말할 수 있는 문제가 아니라서요."

그때였나

—그렇게 하게.

어디선가 들려오는 전음 한 줄기.

그것이 갈천성의 것임을 알아차린 택중이 주위를 두리번 거렸다.

하지만, 어디에서도 갈천성의 모습은 보이지 않았다.

그가 물었다.

—정말 그래도 되겠어요?

—내가 책임지겠네.

—……고마워요, 영감님.

밝게 웃은 택중이 이내 말했다.

"좋아요. 결과가 어떻게 되든…… 할아버지 얘기대로 하죠."

"좋군."

입가에 미소를 머금으며 우문락이 하늘을 올려다보았다.

"달빛이 없다는 게 다소 아쉽지만, 이건 또 이것대로 나쁘지 않구먼."

스윽.

이어 검을 치켜들며 그가 나직하게, 그러나 묵직한 음성을 토해 냈다.

"가겠네."

고개를 끄덕인 택중이 검을 치켜들었다.

사사사사삭.

어느새 그들을 중심으로 거대한 원을 형성하며 양측의 무사들이 멀찍이 물러섰다.

휘이이잉.

거친 밤바람이 일대를 휩쓰는 순간, 두 사람이 거의 동시에 땅을 박찼다.

챙!

가벼운 일격이었다.

어디서나 볼법한 충돌이고, 그 일합은 다른 무인들 간의 싸움과 별다를 것도 없어 보였다.

하나, 위력은 달랐다.

쾅!

폭음이 뒤따랐고, 두 사람이 부딪힌 공간을 중심으로 대기가 흔들렸다.

그들이 연이어 충돌할 때마다 지축이 흔들리고, 잔돌들과 함께 흙이 솟구쳤다.

그런 가운데, 번쩍하며 빛이 터졌다.

쾅! 콰광! 쾅!

두 사람의 신형이 어느새 빛살처럼 늘어지며 연거푸 충돌하고 있었다.

그 모습은 보는 두 누의 시선에 섬뜩가 어렸다.

특히 능군악의 심정은……

'어, 어찌 이런 일이!'

놀람을 넘어 경악 수준이었다.

자신이 알고 있는 우문락의 신위는 사실상 세상에 알려진 것과 많이 다르다.

정도맹의 십대고수 중 다섯 번째라는 평가는 다소 평가절하 되었다는 게 평소 그의 생각이었던 것이다.

우문락이 정말 마음먹고 검을 휘두른다면, 어쩌면 정도맹주조차 쉽사리 이기지 못할는지 모른다는 게 그의 평가였던 것이다.

한데, 지금 눈앞에선 도저히 믿기 어려운 광경이 펼쳐지고 있었다.

겨우 약관을 넘었을까 싶은 청년 하나가 우문락을 상대로 호각세로 검을 섞고 있지 않은가.

'대체 저자는 누구기에!'

항간에 신기서생이란 자가 있어서 각종 신병이기를 쏟아내고 있다는 얘기를 들었을 때도 솔직히 믿지 않았던 그다.

그러던 것이 언젠가부터 절대무쌍이라는 기서(奇書)를 접하게 되면서 '혹시' 하는 생각을 하게 되었다.

하지만, 그것은 일종의 호기심의 발로였을 뿐 오늘날 자신의 대형인 우문락과 그 청년이 저와 같이 무공을 겨루게 될 것이란 생각은 단 한 번도 해 본 적이 없었다.

번쩍!

빛무리 속에서 쉴 새 없이 치명적인 일격을 주고받는 두 사람을 보면서 능군악은 이제 몸을 떨고 있었다.

가슴 깊은 곳에서부터 솟구친 웅심에 그는 절로 손에 힘을 주고 말았다.

꾸욱.

절로 검 손잡이를 잡아 간 그가 눈에 힘을 주며 두 사람, 우문락과 택중의 싸움에서 시선을 돌리지 못했다.

반면 은설란은 지금 너무나 떨려서 주저앉고 싶을 지경이었다.

두려움 때문이 아니었다.

굳이 말한다면 설레임이라 할 수 있었다.

잔뜩 흔들리는 그녀의 눈동자엔 어느새 희열이 넘쳐흐르고 있었다.

택중이 우문락을 상대로 검을 휘두르기 시작했을 때만 해도 '그를 잃을지도 모른다' 는 심정에 가슴 졸였던 그녀였지만, 지금은 달랐다.

'일지검뇌!'

택중의 검끝에서 펼쳐지는 뇌격검 제일초식 일지검뇌를 보였고, 이어서 제이초식 니거한월이 자유자재로 펼쳐지고 있었다.

그렇게 택중의 검이 허공을 유린하며 쉴 새 없이 우문락의 검과 충돌했다가 떨어지길 반복하고 있었다.

'아름다워!'

그랬다.

지금 택중의 모습은……

싸움이라기보단 차라리 검무라 할 수 있었다.

뇌격검 특유의 검전(劍電)을 흘리며 사방을 누비는 택중의 신형은 어느새 어둠 속에서 화려한 춤사위를 이루고 있었던 것이다.

감격하지 않을 수 없었다.

'마침내…… 이루었군요!'

그녀는 떨리는 심정으로 택중을 보았고, 어느새 그녀의

눈가가 붉어지기 시작했다.

바로 그때였다.

획! 획!

두 사람, 우문락과 택중이 서로 약속이라도 했다는 듯 뒤로 물러섰다.

그러곤 삼 장여의 간격을 둔 채 서로를 응시하는 두 사람.

한참 동안 움직이지 않고 있던 그들 중, 우문락이 말했다.

"처음 보는 검이군."

"그러십니까?"

"자네를 가르친 자가 누군지 알 수 있겠나?"

"말씀 못 드릴 것도 없죠."

택중이 시선을 돌렸고, 그 시선을 따라 우문락이 눈길을 던졌다.

그리고 곧바로 눈을 치떴다.

얼굴을 붉히며 서 있는 여인. 은설란을 보면서 그가 되물었다.

"늙은이를 놀리는 게 아닐 테지만, 믿기 어려운 일이로군."

"어려울 것도 없습니다. 그녀가 제 사부란 것은 틀림없는 사실이니까요."

순간 은설란은 벼락이라도 맞은 듯한 충격으로 몸을 치떨었다.

사부!

지난날 농담조로 서로 주고받던 것과는 그 무게가 다르다.

이제 명실공히 택중은 밝힌 것이다.

천하에 두고 고하길, '그녀가 사부다!' 라고 외친 것이라 할 수 있었다.

이것이 의미하는 것은……

부르르르.

은설란은 다리에 힘이 풀려서 서 있지 못할 지경이 되고 말았다.

그도 그럴 것이, 그녀를 바라보는 모두의 시선엔 경외가 담겨 있는 것이다.

특히 우문락과 능군악의 시선은 마치 샛별처럼 빛나고 있었다.

뿐만 아니라, 방금까지 쓰러진 채 몸을 가누지 못하던 염수광은 그녀를 바라보며 강렬한 눈빛을 뿜어내고 있었다.

천하에 손꼽히는 고수들의, 흠모에 버금가는 시선을 받으며 그녀는 어쩔 줄 몰랐다.

그러나 그녀는 일순간 택중의 눈과 마주치곤 입술을 잘근 씹고 말았다.

'사부, 좀 더 당당해져도 된다구요!'

택중이 이렇게 말하고 있는 것만 같았던 것이다.

꾸욱!

두 손에 힘을 불어넣은 그녀가 천천히 어깨를 폈다.

그러곤 가슴을 앞으로 내밀며 고개를 쳐들었다.

이어 여유를 되찾은 듯 입가에 은은한 미소를 머금고는 택중을 향해 고개를 살짝 끄덕였다.

끄덕.

택중 역시 응답한 뒤 시선을 돌렸다.

우문락 또한 은설란에게서 눈길을 거두며 말했다.

"오길 잘했다는 생각이 드는군."

연신 고개를 끄덕이며 그가 말을 이어 갔다.

"마지막으로 묻겠네."

"얼마든지."

"무슨 검인가?"

"뇌격검."

"……좋군."

웃음을 지으며 우문락이 검끝을 오른쪽 아래로 내렸다.

"분광번천이라 하네."

택중이 검을 들어 그 끝을 하늘로 향했다.

그와 동시에 왼발을 뒤로 빼고 왼손을 앞으로 뻗으며 가볍게 내저었다.

참으로 독특한 기수식.

그 모습에 우문락은 물론 그곳에 있는 모두가 고개를 갸웃했을 때, 은설란이 눈을 홉떴다.

'저, 저것은……!'

파르르르.

그녀의 속눈썹이 가볍게 떨리는 순간이었나.

"타핫!"

우문락이 힘차게 땅을 박찼다.

후웅!

가볍게 차올린 도약과는 달리 순식간에 무려 오 장여를 뛰어오른 우문락. 그의 검이 사선을 이루며 하늘로 치솟았다.

그 순간 검끝에서 빛이 터졌다.

번쩍!

도저히 뜬 눈으로는 지켜볼 수 없을 만큼 강렬한 빛이 터지는 순간, 일대는 새하얀 빛무리에 뒤덮였다.

동시에 모두는 느꼈다.

살갗을 뚫고 들어오는 강력한 살기를.

그것은 단순한 기세가 아니었다.

그렇다고 실체를 이루는 것도 아니다.

그런데도, 숨이 막히고 내부가 진탕되었다.

간접적으로 느껴지는 위력이 이 정도이니, 실제로 직접 그 기운을 받아 내야만 하는 택중은 어떨 것인가.

그곳에 있는 모두는 눈을 제대로 뜨지 못하면서도 궁금함을 이기지 못하고 어떻게 해서든 싸움을 보기 위해 애썼다.

반면 은설란은……

눈을 꼭 감은 채 평안한 얼굴을 하고 있었다.

싸움이 시작되고 난 뒤, 이제까지 볼 수 없었던 모습이라 할 수 있었다.

이유는 단순했다.

믿었던 것이다.

지금 이 순간, 택중이 무엇을 펼쳐 낼지 알고 있었기에.

스스스스.

그 순간에도 택중의 오른손은 쥐고 있는 검을 천천히 휘두르고 있었다.

마치 멈춘 듯, 그러면서도 끊임없이 휘두른 검끝은 반원을 그리며 하나의 궤적을 만들어 냈다.

그리고 마침내 검은 땅을 향했다.

푹!

바닥에 가볍게 박힌 검.

그 모습에 우문락은 일순간 한쪽 눈을 치떴지만, 이내 표정을 지웠다.

상관없었기 때문이다.

이제 와서 상대가 무슨 짓을 하든, 자신이 지금 펼쳐 내는 분광번천을 감당하진 못하리란 확신이었다.

그만큼이나 지금 그가 펼쳐 내는 검격은 엄청난 것이었다.

더욱이 십이 성에 이르는 검.

쿠와아아아아아아!

그 증거로 하늘을 온통 새하얗게 물들인 검강이 마치 빛살로 만든 비처럼 택중을 노리고 쏘아지고 있었다.

콰아아아아아아아아아!

이제 한 호흡도 지나지 않아, 택중은 만검(萬劍)이라 부를수밖에 없는 절대검공에 휩쓸려 피를 토하고 죽게 될 터였다.

한데, 바로 그 순간이었다.

쩌적.

바닥에 박힌 택중의 검을 중심으로 균열이 일어났다.

쩌저저적.

십여 개의 균열은 점차 커지더니, 이내 사방을 향해 뻗어나갔다.

쩌어어어어어억!

이윽고 거미줄처럼 사방으로 뻗어 나간 균열. 그 이질적인 광경에 우문락이 두 눈을 홉떴을 때였다.

후웅!

갈라진 땅. 십여 개의 균열에서 희미한 빛이 엿보인다고
느낀 순간.

번————쩍!

엄청난 빛이 터지는가 싶더니,

콰과과과과광!

푸른 뇌전이 솟구쳤다.

그것은 흡사 수천 발의 번개와 같았고, 시퍼런 비단이 일
제히 솟구쳐 하늘을 물들이는 듯했다.

그러곤 우문락이 펼쳐 낸 검강의 무리를 너무나도 쉽게
부서 버렸다.

콰과과과과과과과과광!

도저히 인간의 손에서 펼쳐진 거라곤 믿기 어려운 광경.

두 눈으로 보고도 믿기 어려운 모습에 모두가 몸을 떨고
있을 때, 마침내 은설란이 눈을 떴다.

주르륵.

어느새 흘려 낸 눈물 속에서 그녀가 떨리는 음성으로 중
얼거렸다.

"혼연…… 지뇌."

뇌격검 제삼초식 혼연지뇌(魂煉地雷)가 펼쳐진 것이다.

제34장
즐겁게 살 거라니까

택중은 박 대령과 함께 트럭을 보고 있었다.

"그렇게 많이 가져오진 못했어요."

"뭐, 많을 필요는 없지. 어디서 가져오는지는 몰라도 이쪽에서도 너무 많으면 좋아질 게 없다는 거지."

"그런가요?"

택중이 트럭 짐칸의 천막을 걷었다.

"호오! 상당하군!"

박 대령의 말대로였다.

도자기부터 시작해서, 책이며, 여러 가지가 물품이 차곡히 쌓여 있었다.

하나같이 고급스러워 보였는데, 딱 보기에도 고풍스러워 골동품으로서의 가치가 있어 보였다.

"으하하! 이 사람이 진짜!"

찰싹!

박 대령이 신명 난다는 표정을 지은 채 택중의 등짝을 가볍게 쳤다.

"많구먼! 뭐가 적다는 건가!"

양 손바닥을 싹싹 비비며 웃음을 참지 못하는 박 대령.

그가 기쁘다는 듯 소리쳤다.

"좋군, 이 정도면 꽤 비싸게 팔 수 있겠어!"

물건들을 살펴보며 박 대령이 만족스러워하자, 택중은 기분이 좋아졌다. 그런 상태로 그가 물었다.

"그래서 언제 팔 건데요?"

"쇠뿔도 단김에 빼라던가? 지금 바로 연락할 거네."

그러곤 박 대령은 가져온 탑차에 물건들을 옮겨 싣기 시작했다.

택중이 도와주자, 불과 십여 분만에 일이 끝났다.

박 대령이 밝게 웃으며 말했다.

"오늘 연락해서 밤에 만나 팔 거니까. 내일쯤 다시 와 주게."

"많이 받을 수 있겠어요?"

"글쎄…… 팔아 봐야 알겠지만, 내 생각에는 한 십억쯤 건질 수 있지 않을까? 그걸 반으로 나누면 오억이 자네 몫이 되겠지."

"오, 오억이요?"

나쁘지 않은 장사다.

중원에서 물건을 사들일 때 들었던 금액을 제하더라도 너의 거저나 다름없는 장사인 것이다.

택중이 터져 나오려는 웃음을 참으며 고개를 숙였다.

"그럼, 내일 뵐세요."

돌아가는 길에 택중은 계속해서 콧노래를 흥얼거렸다.

기실 현재의 그는 오억쯤은 없어도 될 정도의 부자다.

하지만 워낙 가난하게 살았던 터라 아직도 자신이 부자라는 사실이 실감 나지 않는 그였다.

뿐만 아니라, 오랫동안 근검절약이 몸에 배어 있어서인지 아직도 빈티를 벗지 못하고 있었던 것이다.

한마디로 뿌리부터 근로 청년인 셈이었다.

게다가 돈이라는 게 많으면 많을수록 좋은 거 아니겠는가.

그저 신바람이 난 택중이었다.

그렇게 박 대령과 만났던 미사리 조정 경기장 부근의 공터를 빠져나온 그는 기분 좋게 차를 몰아 자동차 전용 도로로 접어들었다.

그로부터 한 시간 뒤, 집에 도착했을 때였다.

막 현관문을 열고 들어서고 있을 때 갑자기 안쪽에서 전화벨 소리가 울렸다.

뚜르르, 뚜르르르.

벨 소리가 들려오는 곳을 찾아 두리번거리던 택중의 시선에 한 대의 전화기가 비쳤다.

거실 한쪽에 놓여 있는 탁자 위에 전화기가 있었다.

사실 요즘 같은 때에 스마트폰이면 충분한데도 굳이 전화기를 놓은 이유는 다름이 아니었다.

그가 중원에 갔을 때 혹시라도 여동생한테서 온 연락을 받지 못할 상황을 대비한 것이다.

자동 응답 기능을 활용한 편법이라 할 수 있었다.

'이걸 받아 말아?'

뚜르르, 뚜르르……. 뚝!

잠시 망설이고 있을 때, 전화벨 소리가 그쳤다.

"어라?"

끊긴 전화를 보면서 그가 막 돌아섰을 때였다.

뚜르르, 뚜르르르.

다시금 울리는 전화벨 소리.

택중은 흠칫 놀랐다가 다시 돌아섰다.

그러곤 천천히 손을 뻗었다.

"응?"

하지만, 금세 그치고 마는 전화.

택중은 고개를 갸웃거리며 돌아섰다.

"진아가 전화했나?"

그는 전화를 들여다 보았다.

작은 LCD창에 부재 중 전화 표시를 찾기 위해서였다.

그러나 전화번호는 떠 있지 않았다.

"이상하네?"

택중은 스마트폰을 꺼내 들었다.

그러곤 시간을 확인했다.

'학교는 끝났을 시간이네.'

그는 진아의 번호로 전화를 걸기 시작했다.

잠시 후, 통화가 연결되며 진아의 목소리가 들려왔다.

—오빠? 돌아왔네? 안 그래도 전화하려고 했는데 잘됐
다.

"응? 지금 전화한 거 아니었어?"

—아니? 안 했는데? 어제까지 몇 번이나 전화하긴 했지
만…….

진아는 그가 무역상을 하는 걸로 알고 있었다.

그래서 툭하면 해외로 출장을 가는 줄로만 알았다.

그나저나 진아가 아니면 누굴까?

'집 전화번호를 다른 사람에게도 알려 준 적이 있었던가?'

택중이 이상하다고 여기며 물었다.

"그래? 그럼 누구지?"

—왜? 무슨 일 있어?

"아냐, 아냐. 근데, 무슨 일인데? 뭐, 필요한 거 있어?"

—아니. 그게 아니고…….

"뭔데 그래?"

택중이 다정한 목소리로 묻자, 진아가 망설이다가 말했다.

—생일이잖아.

"……?"

생일은 지난번에 지났지 않는가?

택중은 혹시 자신이 동생의 생일도 잘 기억하지 못했던 게 아닌가 싶어서 속으로 조바심을 냈다.

그가 매우 조심스럽게 물었다.

"진아야, 너 생일 아직 안 지난 거였니?"

—응?

"그러니까, 그게……."

—호호호호. 오빠, 참! 무슨 소리야? 오늘이 오빠 생일

이잖아!

"……!"

그렇구나!

택중이 눈을 커다랗게 떴다가 이내 몸을 부르르 떨었다.

그러곤 눈물을 글썽였다.

'크윽! 진아가 기억해 주고 있었다니!'

자신도 잊어버린 생일을 여동생이 기억해 주고 있다는 사실이 몹시 감동적이기만 한 그였다.

택중이 떨리는 음성을 애써 신징시키며 말했다.

"그럼…… 우리 만날까?"

—응. 나, 꼭 주고 싶은 거 있어.

"그래? 그럼, 지금 집 앞으로 갈까?"

—알았어. 준비하고 기다리고 있을게.

"오케이. 한 시간이면 도착하니까, 그때 봐."

전화를 끊은 뒤, 택중은 벽면에 걸려 있는 시계를 확인했다.

시간은 오후 다섯 시. 진아의 학교까지의 거리와 도로 상황을 예측해 보면 한 시간이 조금 더 걸릴 수도 있을 것 같았다.

하지만 좀 더 밟으면 가능할 터다.

택중이 서둘러 집을 나왔다.

그리고 트럭에 올랐다.

$$* \qquad * \qquad *$$

덜컹!

자동차 전용 도로로 들어서기 전, 트럭이 한차례 덜컹거렸다.

박 대령에게 물건들을 전부 내려 준 덕에 짐칸이 비면서 더욱 흔들리고 있었던 것이다.

'이번엔 꽤 위험했었지?'

중원에서 물건을 가져온 걸 말하는 게 아니다.

호천대를 생각하고 있었던 것이다.

그들과 싸울 때는 몰랐는데, 알고 보니 호천대는 무림에서도 꽤 알려진 상대였던 거다.

거기에 더해 우문락과 그의 사형제들은 정도맹에서도 십대고수에 들어가는 고수들이고…….

'그 영감 꽤 셌잖아.'

만일 자신이 근래에 들어서 깨닫고 있는 바가 없었다면, 정말이지 질 뻔했을 정도로 강한 고수였다.

'휴우……. 못 돌아올 뻔했잖아!'

그랬다면, 오늘처럼 진아에게 생일 축하 같은 건 받지도 못했을 테지.

"흐흐흐. 어쨌든 뭐, 다 잘된 건가?"

생각만으로 기분이 좋았던가.

택중은 그저 실실 웃으며 트럭을 몰았다.

이미 호천대도 물리쳤고, 우문락과 그의 사형제들은 일단 삼엄한 감시 속에 가두어 두었다.

갈천성이 진법가에게 시켜서 적당한 진까지 설치해 놓았으니, 빠시나오긴 힘들 미였다.

뭐, 그게 아니라도 너무 많이 다쳐서 쉽게 도망가긴 어렵겠지만.

아마도 지금쯤 갈천성과 은설란이 그들을 심문하고 있을 터였다.

"아, 맞다! 집 근처 땅들을 사야 한다는 걸 깜박했네!"

중원에서 벌인 개축 공사만으로는 안심이 안 된다.

물론 그곳에서 집을 뜯어고치면, 이곳의 집 모양 또한 바뀌게 된다.

당연히 그때 중원에 있는 집이 홀랑 탔을 때, 이곳도 마찬가지로 타고 말았다.

어떻게 생각하면 현대의 건축 기술이 좀 더 나을 수 있으니 이곳에서 다시 짓는 게 나을지 몰랐지만, 그가 그렇게 하지 않은 데는 이유가 있었다.

'돈이 더 들잖아!'

중원에서 지으면, 적어도 인건비는 거의 공짜인데 굳이 현대에서 집을 지을 까닭이 없었다.

흑사련에서 적극적으로 지원해 준다고 하는데, 그걸 거절할 만큼 택중이 바보는 아니니까.

'근데, 요즘 라디오가 어째 조용하네?'

중원으로 건너갈 때 라디오의 숫자가 줄어드는 것만 빼면 그다지 큰 변화가 없었던 것이다.

그렇다곤 하지만, 어쩐지 자꾸 불안하기만 한 그였다.

그러고 보니, 아까 못 받은 전화도 마음에 걸린다.

"에이, 괜찮겠지 뭐! 별일 있겠어?"

그가 애써 밝은 표정을 지으며 차를 몰기 시작한 지 얼마 뒤, 트럭이 성북동으로 접어들었다.

끼익!

이윽고 진아가 다니는 학교 앞에 도착한 택중이 트럭을 멈춰 세웠다.

덜컹!

문을 열고 내리는데, 이번에도 역시 수위가 다가오고 있었다.

그리고 하교하는 여학생들이 수군거리며 그를 지나쳐 가고 있을 때였다.

"오빠!"

진아의 목소리가 들려왔다.

반가운 마음에 고개를 돌린 택중이었지만, 이내 인상을 쓰고 말았다.

진아 옆에 서 있는 낯익은 얼굴들 때문이었다.

'아이 씨, 쟤들은 왜 또 저기 있는 거야?'

택중이 얼굴을 찌푸렸을 때 진아가 다가왔다.

"오빠!"

"으, 응?"

"어디 아픈 거야?"

걱정스럽기 묻는 진아를 보니, 절로 웃음을 짓게 되는 택중. 그가 목이 떨어져 나가라 고개를 내저었다.

"아니! 전혀! 아프다니! 그럴 리가!"

택중이 다소 오버하며 외치자, 진아가 풋! 하고 웃는다.

그 모습이 마냥 보기 좋았던 택중은 입이 헤벌어져선 실실 웃었다.

그때였다.

"오빠, 많이 아팠다면서요?"

돌아보니 수아다.

대충 대꾸해 주고 갈까 싶었던 택중이었지만, 얼굴 가득 근심을 담고 물어보는 그녀를 보자니 그렇게 할 수만도 없었다.

택중이 대답했다.

"괜찮아. 그냥 과로였던가 봐."

그의 대답에 수아가 밝은 표정이 되어 외쳤다.

"아, 다행이다!"

그런 수아의 옆구리를 희연이 쿡 찌르며 속닥였다.

"왜, 네가 좋아하는데?"

"그, 그야……."

얼굴을 붉히던 수아가 활달하게 소리쳤다.

"아! 근데, 이제 우리 어디 가요?"

"우리?"

택중이 눈을 동그랗게 뜨며 외쳐 묻자, 수아가 손가락을
들어 보여 주는 게 아닌가?

엄지며 검지며 할 것 없이 밴드가 잔뜩 붙어 있었다.

그 모습을 보면서 택중이 고개를 갸웃거리자, 진아가 말
했다.

"수아가 도와줬거든."

뭘?

택중이 눈을 깜빡거리고 있었지만, 진아는 혀를 쏙 내밀
며 밝게 웃을 뿐이었다.

＊　　　＊　　　＊

갈 곳은 이미 정해 둔 상태였다.

'거기라면 괜찮을 거야!'

하지만 성북동에서 거기까지 꽤 멀었기에 그는 조심스럽게 물었다.

"강남 쪽으로 갈 건데 괜찮지?"

"응, 괜찮아요. 집에는 아까 전화해 두었거두요."

수아가 외치자, 택중이 인상을 썼다.

'너한테 물은 거 아니거든요?'

희연이 불쑥 끼어들었다.

"저는 오히려 잘됐는걸요? 안 그래도 혼자 밥 먹을 생각에 조금 울적했었는데…… 부모님께서 결혼기념일이라서 어제부터 여행을 가셨거든요."

크윽!

택중의 눈썹이 파르르 떨렸다.

'너한테 물은 것도 아니거든요?'

그가 살가운 목소리로 진아에게 물었다.

"집에서 걱정하시는 거 아닐까?"

"괜찮아, 오빠. 엄마한테 얘기하니까, 오히려 좋아하시더라구. 뭐, 오늘 오기로 한 과외 선생님한테는 미안하지만, 그 언니도 이해해 줄 거야. 그치?"

수아에게 물으니, 그녀가 고개를 끄덕이며 마주 웃어 주었다.

그 모습을 보던 택중이 힘차게 외쳤다.

"그럼, 출발해 볼까!"

참으로 기분 좋은 외침이었다.

하지만 핸들을 잡고 액셀을 밟기 시작한 택중. 그가 이내 불뚱거렸다.

'아, 진짜! 너무 좁잖아!'

트럭 한 대에 너무 많은 사람이 탄 덕분이었다.

*   *   *

테헤란로에 있는 빌딩.

그곳의 지하주차장에 트럭을 주차한 택중은 소녀들과 함께 엘리베이터를 타고 올라가기 시작했다.

띵!

가장 꼭대기 층에 있는 레스토랑 이름을 확인하곤 버튼을 눌렀다.

'많이 비싸겠지?'

택중이 입안이 바싹 마르는 걸 느끼며 숨을 크게 들이마

셨을 때, 수아와 희연은 자신들끼리 학교에서 있었던 일을 얘기하며 깔깔 웃고 있었다.

그녀들로서는 택중이 무역상을 하고 있다고 알고 있으니, 이런 점에선 무신경했던 것이다.

반면 진아는 달랐다.

비록 택중 스스로 그렇게 말했다고는 하지만, 그녀로선 모를 수가 없었던 것이다.

고아 출신이 청년이 지난 십여 년가 죽도록 일하고, 또 노력했다곤 하지만 이런 고급 레스토랑에 쉽사리 올 정도로 많이 벌진 못할 터였다.

'내가 먼저 계산해야겠다!'

진아는 속으로 생각하곤, 오빠의 얼굴을 올려다보았다.

긴장한 듯한 모습이었다.

그 모습을 보자니, 어쩐지 안쓰러운 기분이 들었다.

그래서였을까.

진아의 눈가에 물기가 살짝 고였다.

그때였다.

딩동!

엘리베이터가 멈추고 문이 열렸다.

"꿀꺽……."

엘리베이터가 홀과 바로 연결되어 있던 탓에 레스토랑의

전경이 한눈에 비쳐 들었다.

높다란 천장과 함께 삼면이 유리로 되어 확 트인 스카이 라운지.

가구며, 조명이며, 아무리 봐도 비싸 보이는 실내공간이 택중을 맞이하고 있었다.

그러다 보니, 택중으로선 기가 죽을 수밖에 없었다.

차마 떨어지지 않는 걸음을 내디며 안으로 들어서며 그가 생각했다.

'이럴 줄 알았으면 좀 더 좋은 옷으로 갈아입고 오는 건 데…….'

과연 그에게 지금 입고 있는 옷보다 좋은 게 있을는지는 알 수 없지만, 그래도 무얼 입든 간에 면 티에 청바지, 그리고 허름한 잠바보단 나았을 터였다.

뒤늦게 후회하며 레스토랑으로 들어서니, 나비넥타이를 맨 사내가 한 명 다가왔다.

"예약하셨는지요?"

"아, 아뇨."

택중이 더듬거리며 대답했다.

'예약해야 했던 건가?'

자신의 멍청함을 자책하며 그가 말하자, 사내가 오히려 고개를 숙여 보이곤 얘기했다.

"이쪽으로 오시지요. 창가 쪽으로 안내해 드리겠습니다."

그가 안내했지만, 택중은 머뭇거리며 따라나서지 못했다.

이런 곳에 처음 와 본 탓에 얼어붙고 말았던 것이다.

그러자, 눈치 없는 희연이 말했다.

"오빠, 왜 그래요? 우리 빨리 가요. 배고프단 말이에요!"

"그, 그래?"

택중이 애써 민망한 표정을 지으며 발걸음을 옮기기 시작했다.

그렇게 직원의 안내를 받으며 창가 쪽 중에서 가장 구석에 있는 테이블에 자리를 차지하고 앉은 네 사람.

그들에게 메뉴판을 건네곤 직원이 가지 않고 서 있었다.

'응? 주문할 때까지 가지 않을 건가?'

이렇게 생각하며 택중이 메뉴판을 펼쳐 들었다.

그러곤 경악하고 말았다.

'헉! 뭐가 이렇게 비싼 거야!'

메뉴판에 적힌 꼬부랑거리는, 알아보기 어려운 글씨들은 둘째 치고, 음식 옆에 적혀진 금액이 그의 상식을 훌쩍 넘어서고 있었던 것이다.

'일십백천만……. 헉! 치, 칠만 원!'

대체 뭐로 만들었기에 음식 하나에 칠만 원씩 한단 말인가!

'제일 싼 거! 아! 여기 있다.'

만오천 원이란 금액이 적혀 있는 걸 보면서 그가 눈을 빛냈다.

그러곤 메뉴판 한곳을 콕 집으며 외쳤다.

"전 이걸로 주세요!"

그러자, 직원이 빙그레 웃으며 말했다.

"손님?"

"……예?"

"식사부터 주문하시는 게 좋으실 거 같은데요?"

"……?"

"커피는 식사 후에……."

잠시간의 침묵 뒤에 택중이 다시 말했다.

"그럼, 이걸로 주세요."

"알겠습니다. 음료는 그렇게 하고, 그럼 식사는 어떤 걸로 하시겠습니까?"

"쿨럭!"

택중이 놀라서 사레가 들렸는지 기침하자, 진아가 테이블 위에 놓여 있는 잔에 물을 따라 그에게 건넸다.

벌컥벌컥!

급히 물을 마시는 택중의 귀에 다른 테이블에 앉아 있는 남녀의 목소리가 들려온 것도 그때였다.

"풋! 이런 데 처음 와 보나 봐!"

"설마……."

"아냐. 저것 좀 보라구! 완전 딱따구리 곰처럼 어리바리하잖아!"

"그러게? 쯧쯧 딱 보니, 큰맘 먹고 온 모양인데, 그래도 그렇지. 너무 촌티 내는 거 아닌가?"

"호호호, 그래도 재미있잖아? 안 그래?"

"재미이기기…… 남자가 쪽팔리게, 넌 진짜 다행인 줄 알아, 나 같은 남자 만나서!"

"알아 모시겠사와요!"

그들의 대화 소리를 들은 건 택중만이 아니었던가 보다.

택중이 얼굴이 벌게져서 고개를 들지 못하고 있을 때, 진아가 화가 잔뜩 난 얼굴로 자리에서 일어서려 했다.

하지만 그녀는 그렇게 하지 못했다.

수아가 먼저 자리를 박차고 일어난 것이다.

"수, 수아야!"

놀란 진아가 그녀의 팔을 잡아채곤 놀라서 외쳤지만, 수아는 물러선 기미가 없어 보였다.

그녀가 방금 택중을 놀리던 남자와 여자들을 노려보았다.

그 모습이 어찌나 사나운지, 레스토랑에 있던 다른 손님들이 일제히 그녀를 보며 수군거리기 시작했다.

그러거나 말거나, 다혈질의 소녀 강수아가 정말 열 받았다는 듯 얼굴까지 빨개져서 뭐라고 소리치려는 순간이었다.

딩동!

엘리베이터가 열리며 일단의 사내들이 들이닥쳤다.

정장을 쫙 차려입은 사내들이었는데 그 가운데는 은테 안경을 끼고 머리를 뒤로 넘겨 단정하게 묶은, 세련된 모습을 한 여인도 있었다. 또한, 제법 나이가 들어 보이는 남자도 섞여 있었다.

그 남자는 엘리베이터에 내리자마자 홀을 둘러보다가 눈을 빛냈다.

그러더니 이내 택중을 향해 달려오기 시작했다.

손님들도 무슨 일인가 싶어 고개를 갸웃하고 있을 때였다.

열 명 가까이 되는 사내들을 택중 앞으로 달려온 중년 남자가 허리를 구십 도로 숙이며 외쳤다.

"나오셨습니까, 회장님!"

순식간에 얼어붙는 레스토랑.

그 안에 있던 모두는 그만 할 말을 잃고 말았다.

특히 이제까지 주문을 받기 위해 그곳에 서 있던 직원은 거의 사색이 되었다.

그가 급히 택중에게 고개를 숙였을 때였다.

"곽 부장님 아니세요?"

택중이 말했고, 곽 부장이 민망하다는 표정으로 말했다.

"죄송합니다. 주차 관리부로부터 이제야 연락을 받았습
니다."

"에이, 뭘요. 일 때문에 온 게 아닌데요."

"하시면……?"

"그냥 동생들하고 밥 먹으러 온 거뿐이에요."

"그럼, 연락이라도 하고 오시지 않으시고."

"……그래야 하나요?"

"그야……."

"……?"

"회장님 마음이시지만, 그래도……."

"무슨 문제라도 있나요?"

택중이 정말 모른다는 듯 말했을 때였다.

곽 부장 옆에 서 있던 여인이 앞으로 나섰다.

"안 그래도 연락드렸는데 통 연락이 안 되더군요. 이번
에 새로 채용한 한 비서입니다. 회장님 전속이니, 앞으론
한 비서를 통해서 보고를 받으시면 됩니다."

"아, 그래요? 반갑네요."

머쓱한 듯 살짝 고개를 숙여 보이는 택중을 보며 여인이
허리를 깊게 숙여 보였다.

그러곤 안경을 살짝 고쳐 쓰곤, 나직하게 말했다.

"처음 뵙겠습니다. 한윤정이라고 합니다."

이렇게 말한 한 비서가 다시 말했다.

"앞으론 제가 회장님의 일정을 관리할 예정입니다."

"예? 꼭 그렇게까지 해야 할 필요가……."

"있습니다. 그렇지 않으면 오늘 같은 일이 또 벌어질 테니까요."

"그게 무슨 말인지……?"

스윽.

한 비서가 레스토랑의 직원을 차갑게 쳐다보며 말했다.

"상사도 몰라보고 이런 구석진 자리로 회장님을 모시는 불상사가 벌어진다는 얘기입니다."

"그야, 제가 예약도 하지 않고 온 탓도 있고……."

"회장님 전용의 특실은 언제나 비어 있습니다."

"……특실이요?"

"모르셨습니까?"

"……?"

"여기도 회장님 소유입니다."

"……!"

택중이 놀라고 있을 때, 한 비서가 다시 한 번 안경을 고쳐 쓰곤 말했다.

"아시다시피 회장님 명의로 되어 있는 건물들은 총 세 개. 건물마다 1층과 2층, 그리고 지하에 있는 커피숍, 음식점들과 편의시설은 모두 우리 회사가 관리하고 있습니다. 그중 스카이라운지 레스토랑과 바가 두 곳인데, 이 역시 회장님 소유입니다."

"그랬나요?"

"뭐, 관리하실 재산이 많으시니 헷갈릴 수도 있으실 겁니다. 하지만 이제부터 아무런 걱정도 마십시오. 앞으론 그런 일이 없을 겁니다. 그러기 위해서 제가 손새아는 서니까요."

"고, 고맙네요."

"아! 그리고 말씀드리는 김에 한 가지 더 말씀드려도 되겠는지요?"

"그, 그러세요."

"지난 분기 수익이 삼십억이 조금 넘습니다. 거기에 회장님께서 보유하고 계신 현금의 이자가 이억칠천 정도입니다. 원금까지 합치면 현재 보유액이 육백억 원이 조금 안 되는 걸로 파악됩니다. 물론 그 외에도 더 있겠지만, 우선 파악된 자산만 놓고 보더라도 이대로 그냥 놔두는 건 그다지 좋지 않다고 생각합니다. 그래서 말씀인데, 좀 더 적극적으로 투자를 해 보는 게 어떨까 합니다."

어느새 레스토랑 안이 업무 보고의 자리가 되고만 상황.

택중이 주위를 살피며 당황스러워하자 보다 못한 곽 부장이 나섰다.

"죄송합니다, 회장님! 이 친구가 워낙 열의가 넘쳐서 그만……."

다시 한 번 고개를 숙여 보인 곽 부장이 한 비서에게 말했다.

"이제 그쯤 해 두게. 오늘은 회장님 동생 분들도 함께 오신 자리이니, 일 얘기는 여기까지 하는 게 좋을 것 같네."

"알겠습니다. 그럼 조만간 회장님 자택으로 방문토록 하겠습니다."

이렇게 말한 한 비서가 레스토랑 직원을 향해 말했다.

"지배인은 왜 아직 나오지 않고 있는 거죠?"

"그, 그게…… 오늘은 쉬시는 날이라서……."

"흥! 그럼 대리라도 있어야 할 거 아닌가요?"

한 비서가 품에서 수첩을 꺼내 뭔가를 끼적이는 걸 보면서 레스토랑 직원은 그만 사색이 되고 말았다.

그러거나 말거나 한 비서가 다시 말했다.

"뭐하는 거죠?"

"……?"

"회장님을 어서 특실로 안내해 드리지 않고서?"

"아, 아니 그건······. 지금 자리로도 충분하고······."

택중이 끼어들어 말하다 말고 멈칫했다.

주위에서 자신을 쳐다보고 있는 사람들의 시선 때문이었다.

특히 아까까지 자신을 놀리던 남자와 여자는 꿀 먹은 벙어리처럼 아무런 말도 하지 못한 채 그저 놀라서 그를 바라보고 있었다.

그때였다.

수아 역시 잠깐 전의 일이 떠올랐는지, 갑자기 그들을 향해 획 하고 고개를 돌리더니 손가락으로 한쪽 눈 밑을 잡아당기며 혀를 쏙 내미는 게 아닌가.

그 모습에 택중이 한 손으로 자신의 이마를 짚으며 고개를 설레설레 내저었다.

"아무래도······ 그편이 낫겠네요."

할 수 없다는 듯 자리에서 일어난 택중.

레스토랑 직원의 안내를 받으며 특실로 향하는 그의 뒤쪽으로 한 비서와 곽 부장, 그리고 회사 직원들이 따라붙고 있었다.

'건물을 산다는 게 이런 의미였나?'

택중이 머리가 아프다는 듯 다시 한 번 고개를 내젓고 말았다.

　　　　*　　　　*　　　　*

　테이블 위에 놓이는 케이크를 보면서 택중은 그만 눈물을
글썽거리고 말았다.

　'이걸 진아가…… 흑!'

　감격하지 않을 수 없었다.

　주고 싶다는 게 있다고 하더니, 그게 직접 구워 만든 케
이크일 줄이야.

　택중은 그간의 고생이 한순간에 녹아 버리는 듯한 착각에
빠졌다.

　그때였다.

　"헤헤! 오빠, 저도 도왔다니까요? 봐요!"

　밴드가 붙은 손가락을 들어 보이는 수아. 그녀를 보며 택
중은 눈살을 찌푸리지 않을 수 없었다.

　한창 감동의 도가니로 빠져들고 있었는데, 이렇게 확 초
를 치다니!

　택중이 분노한 표정을 지어 보였다가 이내 살갑게 웃었
다.

　'그래, 이 아이도 동생이라고 치지 뭐!'

　아까도 자신을 놀리던 사람들에게 진짜로 화를 내던 모습

이 떠올랐던 것이다.

게다가 저렇게 손까지 다쳐 가며 도왔다는데…….

"반쯤은 제가 만든 거 아니겠어요!"

수아가 신나서 외치는 소리를 들으며 택중은 환하게 웃고
말았다.

그러다가 갑자기 정색하며 말했다.

"근데, 당신은 왜 여기 있는 거죠?"

"비서니까요."

다소 딱딱하고 차가운 목소리로 한 비서가 대답하고 있있
다.

저도 모르게 한숨을 내쉬며 택중이 말했다.

"봐요. 저한테도 사생활이라는 게 있거든요. 그리고 당
신은 가족 없어요? 지금쯤이면 집에 가서 씻고 가족들하고
밥 먹으며 TV라도 봐야 하는 거 아니냐구요!"

"혼자 삽니다."

뜨악!

택중이 입을 벌린 채 할 말을 잃고 말았다.

그러거나 말거나 한 비서는 말한다.

"제가 알기엔 회장님께서도 여기 진아 씨 말고는 가족 분
이 없으신 걸로 압니다. 그나마도 동생 분과는 떨어져서 경
기도 양주에서 혼자 사시고, 딱히 만나시는 여성 분도 안

계신데다가 친구 분도 없으시다고 알고 있습니다."

헐!

그새 많이도 조사했군.

택중은 어이가 없다는 듯, 한 비서를 보다가 수아를 향해 소리쳤다.

"뭘 적고 있는 거야!"

뜨끔!

수아가 들고 있던 수첩을 주섬주섬 챙겨 가방 안에 넣고는 배실배실 웃었다.

'아우, 머리야!'

택중이 머리가 아파져 와 한 손으로 이마를 짚고 있을 때였다.

"오빠, 배고파요! 우리 빨리 초 켜고 먹어요!"

희연의 얘기에 진아가 덧붙였다.

"그래, 오빠. 여기 한 비서님도 이제부턴 식구라고 할 수 있으니까⋯⋯."

반짝!

안경 너머로 반짝이는 한 비서의 눈.

그걸·본 진아는 왠지 자신이 큰 실수를 하는 건 아닐까 살짝 후회가 들었다.

하지만 이미 내뱉은 말이다.

진아는 더듬거리면서도 끝까지 말했다.

"얼른 초 켜자, 응?"

택중을 달래듯 말하자, 택중 또한 기분이 다시 좋아져서 밝게 웃었다.

"알았어."

케이크에 초를 꽂고 불을 붙이자, 진아가 머뭇거리며 입을 방긋거렸다.

이글 보디 못한 수아가 먼저 노래를 부르기 시작했다.

"생~일 축하합니다. 생~일 축하합니다. 사랑하~는 택중 오빠의……."

그제야 진아도 붉어진 얼굴로 생일 노래를 따라 부르기 시작했다.

희연 역시 덩달아 노래했다.

그리고 한 비서도 메마른 음성으로 노래 부르고 있었다.

울컥!

택중이 뭔가 가슴을 치고 올라오는 기분에 그만 고개를 숙이고 말았다.

＊　　　　＊　　　　＊

정말 거짓말처럼 기분 좋은 하루가 지나고, 택중은 박 대령과 만났다.

그리고 중원에서 가져온 물건을 판 돈, 오억여 원을 약속대로 건네받았다.

"앞으로 잘 부탁하네, 파트너!"

"걱정 마세요. 다음에 올 때는 정말 이빠이 가져올 테니까요!"

"흐흐흐, 어련하려고! 믿고 있겠네!"

그렇게 박 대령과 헤어진 뒤, 집으로 온 택중은 진아와 잠깐 통화를 한 후 잠자리에 들었다.

다음 날 아침.

우우우웅.

스마트폰에서 진동이 몇 차례 울린 뒤 알람이 터졌다.

오빠 언능 일어나! 아잉~ 언능~!

택중이 손등으로 눈을 비비며 자리에서 일어났다.

그리고 창밖으로 비쳐드는 하늘을 보며 밝게 웃었다.

맑은 하늘 아래, 높다랗게 솟아 있는 탑 모양의 건물 한 채가 보였던 것이다.

'돌아왔네.'

이제는 중원으로 올 때조차 돌아왔다는 표현을 아무렇지

도 않게 쓰고 있었다.

그만큼 익숙해졌다는 얘기일 터였다.

한차례 기분 좋은 웃음을 뒤로 한 채, 택중이 방을 나섰
다.

씻기 위해서였다.

그때였다.

쾅쾅쾅!

현관문을 두드리는 소리가 들려왔다.

태순은 고개를 가웃하지 않을 수 없었나.

'아침부터 무슨 일이지?'

그가 외쳐 물었다.

"누구세요?"

대답 대신 들려온 것은 다급한 외침이었다.

"큰일 났습니다!"

익숙한 목소리에 이끌려 문을 연 택중. 그의 눈앞에 무치
가 서 있었다.

"무슨 일인데요?"

"은…….."

"……?"

"은 대주가 납치됐습니다!"

제35장
한 사람을 위해

비가 내리고 있었다.

가을비.

더위가 누그러지고 공기가 축축하게 느껴지더니 기어코 비가 내리고 있었다.

그렇게 새벽녘부터 내리던 비는 오후가 돼서도 그칠 줄을 몰랐다.

쉴 새 없이 바닥을 때리는 빗방울로 말미암아 뿌연 습막이 피어올랐고, 그 모습은 꼭 물안개처럼 보였다.

촤아아아아아.

통나무로 지어진 벽 너머에서 들려오는 빗소리는 조금도

즐겁지 않았다.

그날도 그랬다.

꽈과광!

천둥이 쳤고, 곧이어 번개가 쳤다.

어리기만 했던 소녀는 침상에 웅크린 채 오돌오돌 떨었지만, 그런 소녀를 달래 줄 이는 어디에도 없었다.

그녀의 머릿속에 떠오른 것은……

'무, 무서워! 날 좀 안아 주세요!'

처음에 속으로 외친 것은 아버지였으나, 아무리 목 놓아 부른들 오지 않을 것을 알았기에 어린 소녀는 급기야 생각했었다.

누구라도 좋으니 제발 자신을 안아 달라고.

그때였을 것이다.

문이 열렸고, 때를 맞춘 듯 다시 번개가 쳤다.

그리고 그림자를 드리운 사내……

어머니가 돌아가시던 날도 오지 않았던, 그래서 한없이 원망스러웠고 끝도 없이 그리웠던 아버지가 그곳에 서 있다는 걸 알고는 소녀는 침상에서 뛰어나갔다.

그런 소녀를 아버지는 안아 주었다.

따스했다.

어느새 떨림은 멎어 있었고, 대신 왠지 모르게 눈물이 흘렸다.

그제야 그녀는 자신이 혼자가 아님을 알게 되었다.

그렇게 느꼈다.

하지만, 그것은 착각이었다.

사흘 뒤 아버지는 떠났고, 공교롭게도 그날…….

소녀의 초경이 시작되었다.

그리고 그녀는 알게 되었다.

세상에 혼자 남겨졌음을.

두려움은 커지고 날이 갈수록 짙어졌다.

하루가 지나고 한 달이 지나고, 한 해가 지나갔지만 두려움은 가시지 않았다.

시간이 아무리 흘러도 사라질 것 같지 않던 두려움이 외로움으로 바뀐 것은 그로부터 삼 년이 지났을 무렵이었다.

한 사내가 찾아와 자신을 아버지의 사제라고 얘기했다.

그리고 자신을 따라가겠느냐는 얘기에 소녀는 고개를 끄덕였다.

사내를 따라간 곳은 흑사련이었다.

그곳에서 사내는 련주라 불리고, 그제야 소녀는 사내의 이름이 적무강이란 것도 알게 되었다.

그렇게 몇 년이 지나자, 소녀는 여인이 되었다.

하지만, 그날…….

그때의 기억은 아직도 그녀의 마음속에 깊이 새겨져 있었다.

그리고 또다시 세월이 흘러, 이제는 아버지에 대한 미련도 마음속에서 완전히 지워 냈다고 생각했건만……

은설란은 천천히 고개를 들어 오두막의 창 쪽으로 시선을 돌렸다.

콰과광!

천둥이 치고, 번개가 뒤를 잇는다.

잠깐 오두막 안에 전광이 비쳤다가 사라지는 동안, 은설란은 과거의 기억에서 벗어날 수 있었다.

그때 문이 열리고, 한 남자가 모습을 드러냈다.

잠깐 열렸던 문틈 사이로 보이는 빗줄기를 보면서 은설란이 눈을 빛냈다.

그 모습을 보았음인가, 남자가 말했다.

"알다시피 문은 잠겨 있지 않소만."

"……"

"언제라도 여길 떠날 수 있을 거요. 하지만, 이것만은 알아 두시오."

맞는 말일 터다.

그녀가 느끼기에도 오두막을 둘러싸고 느껴지는 기척은 상당했으니까.

주위에 포진해 있는 자들만 열 명이 넘었다.

뿐만 아니라 하나같이 자신을 상회하는 고수들이다.

그런 자들이 자신을 감시하고 있었고, 남자의 말에 따르자면…….

'산을 에워싸고 있을 테지.'

여전히 말이 없는 은설란을 한차례 보곤 남자가 다시 말했다.

"내가 원하지 않는 한, 당신은 내 손아귀에서 벗어날 수 없을 거요."

은설란의 얼굴에 순간적으로 그늘이 생겼다가 사라졌다.

동시에 그녀의 두 손에 힘이 들어갔다.

뿐만 아니라 어깨가 살짝 떨리고 있었다.

한동안의 침묵 뒤 그녀의 고개를 들어 남자를 바라보았다.

단정한 모습하며 맑은 눈빛만 보자면, 남자는 군자.

그다지 튀어나오지 않은 태양혈을 보자면 무공을 익혔는지는 알 길이 없었다.

그럼에도…… 왠지 모르게 고수일 것만 같았다.

아마도 풍기는 기세 때문이리라.

마치 산악을 대했을 때처럼 진중한 모습도 그렇거니와 그 깊은 눈빛……. 모든 것을 알고 있다는 듯한 눈빛이 마음에 걸렸다.

어찌 되었든 여러모로 보나 위험한 자다.

본능적으로 위기를 느끼면서 그녀는 한순간이나마 아버지의 얘기에 마음이 흔들렸던 자신을 책했다.

발단은 한 통의 서신.

때마침 택중이 자리를 비운 때였고, 꼭 그때를 노릴 것처럼 날아든 서신 속에는 잊었다고 생각했던 아비의 이름이 쓰여 있었다.

홀리듯 흑사련을 떠난 그녀는 동정호를 건너 악양, 그리고 통산(通山)까지 와서 남자를 만났다.

"부친의 이름이 은중건이오?"

그가 건넨 물음에 격정이 밀려왔었다.

그래서였을까?

그때까지 유지하고 있던 긴장감이 무너졌고, 그녀는 떨리는 음성으로 물었었다.

"아직 살아 계신가요?"

아련한 그리움과 지울 수 없는 원망이 뒤섞인 채 물었던 그녀지만, 안타깝게도 대답은 들을 수 없었다.

대답 대신 그녀가 마지막으로 본 것은 옅게 퍼져 가던 남자의 미소뿐.

뒷목에 강한 타격감을 느끼는 순간, 정신을 잃고 말았던 것이다.

그렇게 정신을 잃었고, 깨어 보니 이곳이었다.

하면 여긴 어딜까?

어쩌면 이세 동신일 수도 있지만, 아닐 수도 있다.

그때로부터 얼마나 오랜 시간이 지났는지 알 수 없었기 때문이다.

아무리 생각해도 알아낼 수 없는 일이니, 그런 건 아무래도 좋았다.

그녀가 궁금한 것은 따로 있었다.

상념에서 빠져나온 그녀가 물었다.

"원하는 게 뭐죠?"

"흐음, 이제야 겨우 대화를 나눌 준비가 된 것인가?"

얼굴에서 미소를 지우지 않은 채 남자가 말하고 있었다.

"굳이 말하자면, 당신에게 원하는 것은 없소."

"……?"

"뭐, 용건이라면 있소만. 어디까지나 그 대상은 그일 뿐이오?"

그?

순간적으로 은설란의 머릿속에 한 사내의 얼굴이 떠올랐다.

어딘지 모르게 어수룩해 보이지만, 그 모습은 천성적으로 밝아서 그리 보일 뿐, 실제론 영리하고 셈이 빠른 사내.

그렇기에 어지간한 사람은 만져 보기도 어려운 돈을 갈고리로 낙엽 긁듯이 벌어들이지만, 그러면서도 정이 많아 손해도 많이 보는 사내.

택중의 얼굴이 떠오른 것이다.

'어째서?'

은설란은 머릿속으로 이렇게 물었지만, 금세 자신이 멍청한 질문을 하고 말았음을 깨달았다.

그녀가 되물었다.

"정도맹인가요?"

남자가 싱긋 웃더니 대답했다.

"말해 줄 수도 있소만, 하지 않겠소."

"……?"

"나야 지금 이 순간이 즐겁기만 하오만, 그대에게 있어선 지루하지 않을까 싶어서 말이오."

그러니, 이런저런 공상을 할 수 있도록 배려를 하겠다는 건가?

고양이 쥐 생각하는 격이다.

분했지만, 어쩔 수 없는 일이었다.

포기한 듯한 얼굴을 해 보이던 그녀가 말했다.

"그는 오지 않을 거예요."

"과연……."

남자는 여전히 얼굴에서 미소를 지우지 않고 있었다.

그 상태로 그가 다시 말했다.

그리고 그 말은 그녀를 흔들어 놓기에 충분했다.

"제대로 짚었다고밖에는 말할 수 없겠군. 이보시오, 소
저. 내기 한번 합시다. 나는 그가 오는 쪽에 걸겠소."

"……."

은설란은 대답 없이 입술을 잘근거렸다.

그러자 남자는 피식 웃었다.

"바란다고 전부 그대로 된다면, 사는 게 뭐 어렵겠소?
그렇지 않소?"

"당신이 누군지는 모르지만, 경고하겠어요."

"응?"

"그에게 손을 대는 순간, 나는 참지 않아요."

"……계속해 보시오."

"내 전부를 걸고 맹세해요! 당신, 아니 오늘 일을 벌인
자들은 그 죗값을 받게 될 거예요, 반드시!"

순간 정적.

그러나 그 시간은 길지 않았다.

"하하하하하!"

한바탕 웃음을 터뜨린 남자. 그가 갑자기 웃음을 멈추더니 말했다.

"기대하겠소."

바로 그때였다.

삐이이이익!

산중을 울리는 소리에, 은설란은 눈을 치떴으나, 남자는 비릿하게 미소 지었다.

그리고 그가 말했다.

"내기는 내가 이긴 듯하군요."

으득.

이를 갈아 대며 은설란이 남자를 쏘아보았다.

*　　　*　　　*

단서는 없었다.

그녀가 머물던 방은 조금도 어질러져 있지 않았고, 금방이라도 은설란이 문을 열고 들어올 것처럼 보였을 뿐이다.

뿐만 아니라 그녀가 언제 나갔는지조차 몰랐다.

신병이기

다만, 한 가지…… 누구도 은설란이 방을 나서는 걸 보지 못했다는 점으로 보아 밤사이 사라진 게 틀림없었다.

여기까지 보자면 납치라고 볼 수 없을지도 몰랐다.

그러나 택중은 무치가 내미는 한 장의 서찰을 읽은 뒤 몸을 떨 수밖에 없었다.

그녀를 찾으려면 혼자 오시오.

딱히 불쾌한 어조는 아니었다.

하나 그 안에 담긴 내용은 협박이나 다름없었다.

혼자 오지 않으면 그녀를 해치겠다는 얘기.

택중은 저도 모르게 쥐고 있던 서찰을 구기고 말았다.

그리고 서찰 하단에 적혀 있는 장소를 머릿속에 떠올려 보았다.

이어 그는 몸을 돌리며 무치에게 물었다.

"그들은 어디에 있죠?"

"그들이라면……?"

"일전에 붙잡은 정도맹의 노인들 말이에요."

"아! 그들이라면……."

무치가 서둘러 택중을 안내하기 시작했다.

＊　　　＊　　　＊

뇌옥은 아니었다.

화려하거나 크진 않았지만, 가옥은 제법 청결한 편이고, 심지어는 시중 드는 시비까지 있었다.

그렇다고 해서 함부로 드나들 수 있는 건 아니다.

비록 담장은 없었으나, 알 수 없는 진법이 설치되어 있어 집을 중심으로 사방에는 안개가 자욱이 드리워져 있던 것이다.

그리고 그 안개는……. 아마도 그 속으로 생각 없이 발을 들이는 순간, 지옥을 보게 될 터였다.

그 증거로 택중과 무치가 그곳에 도착하자, 그들을 알아본 무사 몇 명이 진의 생문으로 보이는 곳에 꽂아 둔 지주(地柱)를 움직였다.

<u>스스스스스스.</u>

그러자 안개가 걷히며 사람 하나가 드나들 만한 공간이 생겨났다.

그 안으로 두 사람이 사라지고 나서 열 호흡쯤 지나자 무사들은 또다시 지주를 원래 있던 자리에 꽂았다.

＊　　　＊　　　＊

안개 사이로 난 길을 지나 마당으로 들어선 택중은 잠시 눈을 홉뜨고 걸음을 멈추고 말았다.

마당 한가운데 놓인 평상 위에는 두 사람의 노인이 더없이 편한 자세로 바둑을 두고 있었고, 가옥의 툇마루에선 또 다른 노인이 익숙한 제목의 책에 몰두하고 있던 것이다.

어떻게 보더라도 전혀 불편해 보이지 않았다.

마치 집이라도 되는 듯한 익숙함이 그들에게 보였다.

잠시 말없이 그런 그들을 바라보던 택중이 다시 걸음을 옮겼다.

그리고 평상 앞까지 가서 멈춰 섰다.

"오랜만이네요."

"그렇던가? 그다지 오래되었다고 하긴……. 헛! 어, 언제……!"

"크크크. 형님, 인제 그만 돌을 던지시지요."

"무슨 소리! 싸움은 이제 시작되었을 뿐이거늘!"

"쯧쯧, 보고도 그런 말씀이신 게요? 보시오. 백의 대마가 완전히 잡혔고, 오히려 우상귀의 흑이 완전히……."

"기다려 보게!"

우문락이 한 손으로 턱을 만지며 인상을 쓰며 바둑판을 쏘아보았다.

하지만 한눈에도 백은 패색이 짙었다.

그다지 바둑에 조예가 깊지 않은 택중의 눈에도 그렇게 보일 정도니, 하늘이 쪼개진들 지금의 형세를 뒤집을 방도는 없을 터였다.

그때였다.

우문락이 갑자기 자리를 박차고 일어났다.

그 바람에 바둑판이 뒤집히며 바둑알들이 사방으로 튀어나갔다.

"헉! 이, 이게 무슨 짓이오!"

둘째 능군악이 기겁해서 소리쳤지만, 우문락은 듣는 둥 마는 둥 소리쳤다.

"놈! 여기가 어디라고 찾아온 것이냐!"

금방이라도 검을 뽑을 들고 덤벼들 듯한 모습이었다.

그 서늘한 위세에 마당 안의 공기가 한순간 얼어붙었다.

하나, 그곳에 있는 누구도 겁을 집어먹지 않았다.

그게 그럴 것이…….

부르르르.

능군악이 고개를 숙인 채 몸을 떨고, 저만치 툇마루에서 책을 읽다가 갑자기 들려온 소란에 잠시 시선을 던졌던 염수광조차 이내 눈길을 거두고 다시금 책에 몰두하고 있었으니까.

그뿐 아니다.

무치야 언제나 그렇듯 무심한 표정을 잃지 않고, 택중은 눈을 가늘게 한 채 우문락을 바라볼 뿐이었다.

한마디로 빤한 수작에 놀아날 사람은 없었던 것이다.

그 바람에 오히려 멋쩍어진 것은 우문락이었다.

그가 평상에서 폴짝 뛰어내리더니 뒷짐을 졌다.

그러곤 말했다.

"이히! 신님이 오셨거늘, 어찌 차 한잔도 없는 것이냐."

진중하기 짝이 없는 목소리에 답한 것은 집안에서 들려오는 여인의 음성이었다.

"썩을! 목이 마르면 지들이 와서 처마실 것이지!"

순간 정적이 흘렀다.

목소리는 제법 고왔지만, 말투는 거칠기 짝이 없어서 영락없이 저잣거리의 창부라 할 수 있었다.

우문락이 기가 막힌 듯한 표정을 짓고 있을 때 택중이 고개를 갸웃거리며 무치를 바라보았다.

—시비라면서?

—맞습니다.

택중이 손가락을 들어 집 쪽을 가리키자, 무치가 이해한다는 듯이 고개를 끄덕였다.

그러곤 전음을 띄웠다.

―설산마녀입니다.

―……?

―십 년쯤 전에 활동한 노파인데, 정사 어디에도 속하지
않은 초절정 고수입니다.

―그럼?

―예. 당시 그녀의 손에 죽은 흑도의 무인들이 이백이 넘
게 되자, 결국 본 련에서 나설 수밖에 없었습니다.

대충 알 만했다.

하긴…….

'저런 시비라면 차라리 없는 게 낫겠군.'

여기까지 생각하던 택중은 순간, 자신이 지금이 이곳에
온 이유를 떠올리곤 자신을 탓했다.

'헛, 지금 이러고 있을 때가 아니지.'

다소 다급해진 표정이 된 택중이 물었다.

"어르신! 하나만 묻겠어요!"

"응?"

갑작스레 따지듯 물어 오는 택중으로 인해 눈이 휘둥그레
진 우문락. 그의 눈앞에 택중이 내민 한 장의 서찰이 있었
다.

온통 구겨진 종이. 이를 보게 된 우문락이 천천히 손을
내밀어 받아 들었다.

그러곤 잠시 후 그가 말문을 열었다.

매우 나직한, 그러나 다소 한기가 느껴지는 음성이었다.

"드디어 놈이 나선 것인가?"

"······?"

택중이 이해할 수 없다는 얼굴을 해 보였지만, 우문락은 더는 설명해 주지 않았다.

그저 이렇게 말했을 뿐이다.

"내 비록 싸움에 거서 이나에 있다고 해나, 여전히 맹주의 수하라 할 수 있네. 하니, 그대에게 어떠한 도움도 줄 수 없네."

"······."

"다만, 한 가지 정도는 말해 줄 수 있네."

"······?"

"조심해야 할 걸세."

"무슨 말씀이신지?"

"놈의 심계는 여기 있는 모두가 십 년 동안 머리를 맞대고 헤아린들 모두 이해하기 어려울 만큼 깊다는 것만큼은 기억하시게."

"······!"

당황한 모습이 되었던 택중. 그가 이내 정신을 차리며 되물었다.

"그자의 이름이 뭐죠?"

스윽.

우문락이 고개를 쳐들어 하늘을 올려다보며 말문을 열었다.

"단목원. 그자의 이름일세."

*   *   *

동정호를 건너 악양, 그리고 통산(通山)자락에 도착한 흑사련의 무사들은 말에서 내려 준비를 시작했다.

이미 해는 져서 사위는 어둡기만 했다.

그 가운데, 무사들이 하나둘 뭔가를 머리에 뒤집어쓰고 있었다.

투시경이었다.

일전에 우문락과 함께 쳐들어왔던 호천대를 상대할 때 사용하던 것이었다.

한 치 앞도 보이지 않는 어둠 속에서 적들의 이마에, 가슴에 정확하게 화살을 박아 넣을 수 있었던 데엔 다 이유가 있던 것이다.

'혼자 오라고 한 것은 산 정상까지일 뿐이니 약속을 어겼다고는 할 수 없겠지.'

흑사련 무사들을 보면서 택중이 눈을 빛냈다.

하나같이 범 같은 사람들로 갈천성이 애써 지원해 준 자들이었다.

그만큼 무용이 뛰어난 이들이니, 어려울 때는 틀림없이 힘이 돼 줄 터다.

특히 탈출할 때 퇴로를 확보해 줄 귀중한 전력이라 할 수 있었다.

그렇게 백여 명에 이르는 흑사련의 무사들이 택중에게 가볍게 고개를 숙여 보이곤 사방으로 흩어졌다.

산을 통째로 에워쌀 순 없겠지만, 적어도 산 정상에 이르는 길의 산문만큼은 통제할 수 있을 것이다.

그들을 잠시 바라보던 택중이 산정상 쪽으로 고개를 돌렸다.

'기다려요. 금방 갈 테니까.'

택중이 산로를 걸어 나가기 시작했다.

           *   *   *

밖에서 들려오는 소리에 은설란은 눈을 치뜨지 않을 수 없었다.

"누구냐!"

"고택중이다."

"잠깐! 거기 서서 움직이지 마라!"

잠시 후 문이 열리고 한 사내가 오두막 안으로 들어섰다. 그자가 물었다.

"신기서생이 왔습니다. 어찌할까요?"

단목원이 피식 웃었다.

"들여보내도록."

"존명!"

사내가 문을 열고 나가는 사이, 단목원이 은설란에게 시선을 던졌다.

"자! 내기는 내가 이긴 거 같고……."

여기까지 말했던 단목원이 갑자기 말을 그치고 자신의 이마를 가볍게 쳤다.

"이런! 내기를 하면서 대가를 말하지 않다니, 하하하하! 나도 어지간히 흥분했던 모양이군."

"……원하는 게 뭐죠?"

은설란의 질문에 단목원이 웃음을 그쳤다.

그가 물끄러미 그녀를 보다가 물었다.

"내가 말하지 않던가?"

"……."

"나는 말이야. 내 앞에 걸림돌이 있는 게 영 못마땅하단

거지. 더욱이 근본도 없는 자라는 게 아주 기분 나빠. 뭐,
그렇단 거지."

말인즉……

'고 공자의 목숨이 위험해!'

그녀는 일찌감치 알아보고 있었던 것이다.

저자, 단목원은 위험한 자다!

사람 좋은 얼굴을 하고 있지만, 그 속에 숨기고 있는 것
은 뜨거운 용암과 같은 복심, 그리고 그에 버금가는 날카로
운 칼날임은 간파하고 있는 은설란이었다.

그녀가 소리쳤다.

"고 공자님! 돌아가세요!"

하나 그녀의 외침은 문이 열리며 발생하는 삐걱거림에 묻
혀 버리고 말았다.

"아, 은 소저!"

그녀의 안타까운 외침과는 달리, 택중의 목소리엔 그저
반가움만이 어려 있었다.

그것이 더욱더 은설란의 마음을 어둡게 만들었다.

그녀가 다시 한 번 소리쳤다.

"저는 괜찮아요! 제발…… 제발! 떠나세요!"

하나 택중으로선 그럴 마음이 없었다.

그가 오두막 안으로 들어서며 얘기했다.

"당신, 내게 원하는 게 뭐지?"

질문은 은설란에게 향해 있지 않았다.

단목원이 돌아서며 싱긋 웃었다.

"글쎄…… 이왕이면 나와 같은 배를 타자고 말하고 싶긴 한데……. 아무래도 그건 힘들 거 같다는 생각이 드는군."

택중이 눈살을 찌푸렸다.

그 모습에 단목원이 그럴 줄 알았다는 듯 말했다.

"역시, 힘들겠지? 아! 그렇다고 해서 내가 실망했다고 생각진 말게. 어디까지나 예의상 한번 권해 본 것뿐이니까."

저벅.

오두막 안쪽으로 걸음을 내디디며 그가 손을 휘둘렀다.

"……!"

놀란 택중이 급히 자리를 박차려는 순간, 단목원이 말했다.

"걱정 말게."

휙!

말이 끝나기 무섭게 바람이 일고, 은설란의 손목에 감겨 있던 밧줄이 끊어져 후두두 떨어졌다.

그 모습에 택중이 움직임을 멈췄다.

그때 단목원이 말했다.

신병이기

"다소 거친 방법이긴 했지. 하지만 오해하지 말게. 이렇게라도 하지 않으면 백 년이 지나도 자넬 만날 수 없을 거 같아서 그랬을 뿐이네. 그래서인지 솔직히 수치스럽기까지 하다네. 해서 말인데, 나를 이렇게까지 만든 자네……."

피식.

웃음 끝에 칼날이 숨어 있었다.

"아무래도 죽어 줘야겠네."

비릿한 미소와 함께 바라보는 단목원. 그 뒤에서 사지가 자유로워진 은설란이 내락지민 팀배들었다

"이 악적!"

휘익!

바람 소리가 들리는가 싶었다.

그 순간, 단목원의 신형이 흔들렸다.

동시에 은설란이 허공을 날아 택중에게 날아가고 있었다.

'언제!'

대체 얼마나 빠르기에 움직임이 보이지도 않는단 말인가!

은설란은 낭패감 어린 얼굴이 되고 말았다.

틱!

그런 그녀를 택중이 가볍게 받아 안았다.

그러곤 속삭였다.

"아무 걱정 말아요."

그의 목소리에 들끓었던 마음이 거짓말처럼 가라앉는다.

대신 그녀의 얼굴이 붉게 달아올랐다.

뿐만 아니라 가슴이 뛰기 시작했다.

머리를 숙인 은설란이 고개를 살며시 끄덕였다.

그제야 택중이 그녀를 바닥에 내려놓았다.

그러곤 단목원을 바라보았다.

겉모습만 보자면, 틀림없이 호인.

잘생긴 얼굴에 균형 잡힌 체격. 뿐만 아니라 입가에서 떠날 줄 모르는 미소는 몹시 매력적이다.

아무리 봐도 악당의 인상은 아닌 것이다.

'정도맹주의 제자라고 했던가?'

우문락으로부터 은설란을 납치한 것이 단목원이라는 걸 알아낸 뒤 갈천성을 통해 알아낸 것은 얼마 되지 않았다.

우선 그가 단목세가의 대공자라는 것. 그리고 정도맹주의 제자라는 것. 요 몇 년 잠적했었다는 것 등이 그것이었다.

그 외에는 아무런 정보도 알 수 없었다.

그럼에도, 갈천성은 그에게서 위험한 자 특유의 냄새를 맡았던 모양.

택중이 길을 나서기 전 신신당부했었다.

"만일 위험하다 싶으면 뒤도 돌아보지 않고 탈출하게!"

말하자면, 은설란을 버리고서라도, 택중 자신의 목숨을 우선시하라는 얘기였다.

　그러나 그게 어디 될 말인가?

　만일 그럴 생각이었다면 애당초 이곳에 오지도 않았다.

　'할 수 있어!'

　그렇다!

　규사을 떠나기 전에 이미 B카스도 마셔 두었고, 무엇보다도 뇌격검의 화우가 이미 호텔경에 이르러 있나나.

　그러니 은설란을 데리고서도 이곳을 빠져나가는 건 그리 어렵지 않을 터다.

　택중은 한차례 눈을 반짝이며 상대를 바라보았다.

　"지금이라도 늦지 않았어요. 우릴 보내 주면……."

　"없던 일로 하겠다?"

　단목원이 말이 끝나기 무섭게 웃음을 터뜨렸다.

　그러다가 뚝 하고 웃음을 멈추곤 말했다.

　여전히 입매는 비틀어져 올라간 채 비릿한 미소를 머금고 있었다.

　"내가 몇 살 더 많은 것 같으니 편히 말하지."

　"……."

　"세상 일이라는 게 언제나 마음먹은 대로 되지 않는다는 거. 누구도 가르쳐 준 적이 없는 모양이지? 그럼 이제부터 내가 가르쳐 주도록 하지. 만만하지 않아! 세상이란 말이지!"

스윽.

그가 품 안에서 철선(鐵扇)을 꺼내 들었다.

택중이 은빛을 흩뿌리며 펼쳐지는 부채에 시선을 빼앗기는 순간, 단목원이 걸음을 내디뎠다.

"크윽!"

택중이 선수를 빼앗겼다는 걸 깨닫곤 재빨리 내기를 끌어모았다.

아니, 그렇게 하려고 했다.

한데…….

'……!'

눈이 휘둥그레진 택중.

그의 표정을 보았음인가.

은설란이 걱정 가득한 눈빛을 해 보였을 때였다.

"말했잖아?"

"……."

"인생이란 게 원래 그런 거라고!"

"……대, 대체 무슨 짓을 한 거죠!"

"글쎄. 무슨 일이 벌어진 걸까?"

비릿하게 웃으며 어깨를 으쓱여 보이는 단목원. 그가 이어 말했다.

"비밀이란 언제고 밝혀지기 마련인 법. 그대에 대해서 아무것도 모른 채 초대했다고 생각했다면……. 나로선 실망인데?"

"서, 설마?"

피식!

당황하는 택중을 향해 단목원이 웃었다.

그 모습을 보는 택중의 얼굴은 잔뜩 어두워졌다.

'어, 어째서 내공이 모이질 않는 거지!'

이대로라면 무공을 쓸 수가 없다!

아니, 칼을 휘두를 수야 있겠지만, 그건…….

아무런 의미도 없다고 할 수 있다.

눈앞에 있는 상대는 한눈에도 극강한 고수임이 분명한데, 자신은 내공을 쓸 수 없다면…….

그저 어린아이의 칼부림에 불과하지 않은가!

그렇다고 해서 은설란이 지금의 상황을 타파해 주길 기대하기도 어렵다.

'크윽!'

절망감이 밀려들자, 택중은 그만 벌레 씹은 표정을 하고 말았다.

그러자, 단목원이 손가락을 세워 좌우로 흔들며 말했다.

"아무런 의심도 없이 이 방 안으로 들어선 걸 후회하고 있겠지만……. 이미 끝났다고 보는데? 그러게 잘 좀 살피지 그랬나? 그랬다면 좀 더 재미있는 상황이 될 수도 있었을 텐데. 음, 그건 아닌가? 하긴 이곳에 퍼져 있는 건 아무래도 무색무취의 향이니 알아채기 어려웠을까? 뭐, 아무렴 어떤가? 인제 와서는 별무소용인 것을."

"이익!"

택중이 인상을 쓰며 소리쳤다.

"비겁하잖아!"

"글쎄. 뭐가 비겁하단 걸까? 그쪽은 알 수 없는, 그럼에도 초강력한 약물을 이용해 말도 안 될 정도로 강한 내공을 사용하는데……. 그걸 어렵사리 연구해 무용지물로 만들었다고 해서 비겁하다고 말할 수 있을까?"

으득!

말은 틀리지 않다.

그렇기에 택중으로선 할 말이 없었다.

그때 은설란은 두 사람의 대화 속에 담긴 의미를 알지 못해, 그녀의 눈동자는 그저 눈빛만 흔들리고 있었다.

그 와중에 단목원이 말했다.

그것은 택중에게 있어서 쐐기나 다름없었다.

"어디 한번 볼까? 내공을 쓰지 못하는 신기서생이 이번에는 어떻게 이 난관을 벗어날는지 말이야."

저벅.

단목원이 여유작작한 모습으로 걸음을 내디뎠고, 택중은 초조한 표정을 감추지 못한 채 뒷걸음질쳤다.

위기일발.

중원에 발을 들인 후 최악의 상황이 택중을 엄습하고 있었다.

바로 그때였다.

"크악!"

밖에서 들려오는 비명 한줄기가 택중의 귓가로 날아들었다.

비명은 몹시 컸고, 계속해서 이어지고 있었다.

그렇기에 이를 들은 것은 택중만은 아니었다.

단목원이 말했다.

"말했을 텐데?"

"……."

"여자를 살리고 싶으면 혼자서 오라고 말이야!"

저벅.

다시 걸음을 내디디며 그가 계속해서 말을 이어 갔다.

"한데도 꼼수를 부렸단 말이지? 그럼 각오 역시 했겠지?

뭐, 원래대로라면 여자는 살려 줄 생각이었다만……. 아무래도 내 입으로 뱉은 약속도 거두어들이지 못한다면, 나로서도 영 체신이 서지 않는 일이라서 말이지."

단목원이 입꼬리를 말아 올리고 있었다.

그 모습에 택중은 아연실색하고 말았다.

그러면서도 의아함을 금할 수 없었다.

'누구지?'

자신이 데려온 자들은 산문을 지키고 있을 거다.

애초에 이번 작전을 세울 때 그렇게 정해 놓았으니까.

특별한 사정이 없는 한, 흑사련의 무사들은 택중의 지시를 어길 리 없다.

하면, 지금 밖에서 나는 소리는 뭐란 말인가?

잔뜩 의아해졌던 택중이 막 창문 쪽을 향해 고개를 돌렸을 때였다.

휙!

바람 소리와 함께 무언가가 오두막 안으로 들어왔다.

그와 동시에 외침이 날아들었다.

"엎드려요!"

날카로운 여인의 음성이었고, 그 음성은 낯설지 않았다.

택중이 재빨리 은설란을 껴안고 바닥에 엎드리는 순간, 단목원은 흠칫하더니 그대로 뒤쪽을 향해 뛰어올랐다.

그 순간이었다.

쾅!

한 줄기 섬광이 오두막 안의 모든 걸 집어삼켰다.

폭발은 그다지 크지 않았지만, 새하얀 빛무리는 너무나 강렬했다.

그렇기에 단목원으로선 도저히 눈을 뜰 수 없는 지경이었다.

이 점은 은설란이나 택중 역시 마찬가지였다.

택중의 품 안에 안겨 있던 은설란이야 그렇다 치고, 택중은 마치 꿈을 꾸는 듯한 착각에 빠져들고 있었다.

'……집! 집으로 돌아가는 건가?'

단 한 번도 깨어 있을 때 현대와 중원을 오간 적은 없었다.

그러나 만일 의식이 있을 때 그리된다면, 정말이지 지금과 같을 듯했다.

그렇게 현실감이 완전히 무너진 채 바닥을 뒹굴고 있을 때였다.

확!

누군가 그의 팔목을 움켜잡았다.

화들짝 놀란 택중이 눈을 번쩍 뜨는 순간이었다.

"서둘러요!"

"……!"

여인의 음성에 택중의 두 눈이 홉떠졌다.

하지만, 이내 그의 입술이 벌어지며 반가운 목소리가 튀어나왔다.

"진 소저……."

말을 끝내기도 전이었다.

진수화가 끌어당기는 힘에 이끌려 택중이 움직였다.

"자, 잠깐만요! 은 소저가……!"

"걱정 말아요!"

그때 이미 방 안에 사라진 빛 무리 덕에 시야가 확보되었고, 택중은 은설란이 복면을 뒤집어쓴 한 여인에 의해 옮겨지고 있는 게 보였다.

그렇게 두 사람, 택중과 은설란이 창을 통해 밖으로 나가려 할 때였다.

"과연! 실력은 있다는 거군. 하지만, 그게 마음대로 될 듯싶은가?"

어느새 단목원이 다가오고 있었다.

한데, 그는 조금도 급하지 않다는 듯 걷고 있었다.

스르르르.

그런데도 마치 기름 위에서 미끄러지듯 빠르게 그러면서도 무척 부드럽게 다가오고 있지 않은가!

기겁하지 않을 수 없었다.

그럼에도, 진수화는 조금도 동요하지 않았다.

그저 눈매를 사납게 해 보이곤 소리쳤을 뿐이다.

"흥! 지랄하고 있네! 어리광일랑 네 어미에게 가서 하려무나!"

휙!

저잣거리의 불한당들도 쓰지 않을 정도로 거친 말을 쏟아 내면서 진수화가 창을 넘었다.

그 뒤를 이어 복면 여인이 든설반을 겹온 재 창을 넘으려했다.

그런 그들을 단목원은 그대로 보내 줄 생각이 없었던가.

그가 펼쳐 들고 있던 철선을 휘둘렀다.

후웅!

철로 만든 부채에 짙푸른 강기가 덧씌워지는가 싶더니 무시무시한 소리와 함께 암경을 쏟아졌다.

바로 그때 복면 여인이 손을 휘둘렀다.

쐐애애액!

그러자 비단 찢는 듯한 소리와 함께 비도 네 자루가 무서운 속도로 날아갔다.

챙, 채챙, 챙!

불꽃이 튀는 가운데, 단목원이 잠시 주춤거렸고, 그 틈을 놓치지 않고 복면 여인이 창문을 넘어갔다.

그리고 외쳤다.

"지금이에요!"

그녀의 외침이 신호였는지, 사방에서 엄청난 경기를 머금은 채 무언가가 날아왔다.

그것도 한두 개가 아니었다.

십여 자루에 이르는 단창.

어른 팔뚝 정도 길이의 창들은 그을음에 은광을 죽인 채였고, 그 때문에 어둠 속에서 더욱 위력을 발휘하게끔 만들어져 있었다.

그래서인가.

빠른 속도와 더불어 도저히 육안으로는 쫓을 수 없을 정도로 은밀했다.

하나, 그와는 달리 위력은 엄청났다.

콰과과과과과과과!

창문은 물론 오두막의 통나무 벽을 그대로 관통하며 쏘아진 단창들. 저 정도면 안에 있는 자는 죽고 말았을 터다.

그 위력에 택중이 입을 쩍 벌렸을 때였다.

"오호호호호호!"

어딘지 모르게 귀에 익은 웃음소리에 택중이 시선을 돌렸다.

그리고 그보다 먼저 익숙한 음성이 그의 귀를 파고들었다.

"아이, 신나! 심장이 쫄깃쫄깃해지는 게 미칠 거 같은 거 있지!"

익숙한 목소리는 또 있었다.

"미친년! 왜? 오줌은 찔끔찔끔 지리지 않았구?"

"저년한테 지릴 오줌이나 있으려구? 어젯밤 그렇게나 토해 댔는데, 뱃속에 뭐가 남아 있겠어?"

"응? 하지만, 방광이라면……."

"이러 맞할 것들이! 네들, 지금 날 창기 취급하는 거야!!"

쐐액!

시퍼런 칼날을 휘두르며 씩씩거리는 여인은 다름 아닌 나지경이었다.

그랬다.

골통 잡조가 온 것이다.

택중은 너무 반가워 그만 눈물을 흘릴 지경이었다.

그러나 이내 들려온 그들의 목소리에 감동도 말끔히 사라졌다.

"아놔! 한바탕 뛰었더니, 목이 너무 마르네! 진짜! 조장! 얼른 끝내고 술이나 빨러 가자구!"

"미친! 저년은 말끝마다 술이야!"

"클클클! 뭘, 이번엔 틀린 말한 것도 아닌데. 저년 말대로 빨리 끝내고 가서 술이나 마시자구!"

골통 잡조의 조장 도악을 비롯해 대운, 조황, 천풍, 유일도 등이 낄낄거리며 소리치고 있었던 것이다.

이를 보다 못한 진수화가 소리쳤다.

"서두르지 못해!"

정말 화가 난 건지, 그녀의 목소리는 상당히 격앙되어 있었다.

그러나 골통 잡조가 달리 골통 잡조인가.

그들 중 누구 하나 두려워하는 자가 없었다.

심지어는 새끼손가락으로 귓구멍을 후비는 자까지 있었다.

그러면서 누군가 말했다.

"부도독님, 너무 그러지 마쇼. 이놈들도 목숨 걸고 여기 왔단 거 아니오."

맞는 말이다.

금의위 도독으로부터 진수화에게 떨어진 명은, 택중과 관련된 일에서 손을 떼라는 것이었다.

그런데 그녀는 지금 그 명을 어기고 이렇게 싸움 속으로 뛰어들고 있었다.

그런 그녀를 따라온 것이 바로 골통 잡조였다.

"휴우!"

진수화가 깊게 숨을 내쉬며 소리쳤다.

"빨리 길 열어!"

"알겠수다!"

그나마 도약은 조장답게도 말을 들어 먹고 있었다.

그가 앞장서서 길을 열기 시작했다.

슈아악!

시퍼런 칼날이 파공음을 흘릴 때마다 피가 튀고 비명이
터져 나왔다,

"끄아아아아악!"

"으아아악!"

그 가운데, 택중이 걱정스러운 눈길로 은설란을 바라보았
다.

'괜찮아요?'

살포시 미소를 지어 보이는 그녀를 보자, 다소 안심이 된
택중.

그의 눈에 은설란을 부축하고 있는 복면 여인이 비쳤다.

'누구지?'

그가 의아해하고 있을 때, 복면 여인이 말했다.

"딸기……."

"아!"

옥란이었던 것이다.

'그렇지! 진 소저가 왔는데, 그녀가 안 왔을 리 없지.'

워낙 경황이 없다 보니, 거기까지 생각이 미치지 않았던 모양이다.

택중이 자책하며 옥란을 향해 고개를 까닥거렸을 때였다.

콰과광!

갑자기 터진 폭음.

깜짝 놀란 택중이 뒤돌아보곤 흠칫 멈춰 섰다.

엄청난 폭발과 함께 오두막이 통째로 날아가 버린 것이다.

산산이 부서진 통나무들이 사방으로 튀어 오르고 난 뒤, 남겨진 자리에 한 사내가 고개를 숙인 채 서 있었다.

꿀꺽!

택중이 자신도 모르게 침을 집어 삼켰다.

그 순간 사내, 단목원이 천천히 고개를 쳐들기 시작했다.

제36장
라면 먹고 갈래요?

바람을 타고 불어오는 화기를 택중은 느끼지 못하고 있었다.

그만큼 놀라고 있었던 것이다.

'어, 어떻게 살아 있을 수 있는 거지?'

바로 전에 꼴통 잡조원들이 던진 것이 무엇인지는 빤하다.

저 폭발력을 보건대 틀림없이 부탄가스다.

뿐만 아니라 오두막이 통째로 날아간 걸로 보아, 한두 개도 아닌 듯했다.

적어도 네 개 이상이 거의 동시에 터진 걸로 보아야 한다.

그런데도 눈앞의 사내는 살아 있었다.

게다가…….

택중의 눈에 비친 단목원의 행색은 조금도 달라지지 않은 채였다.

새것처럼 깨끗한 흰색을 띠고 있다곤 말할 수 없었지만, 불길에 타 버린 흔적은커녕 그을음조차 없었다.

그것만으로도 충분히 놀라운 일 아닌가.

한데, 거기에 더해 단목원의 얼굴이며, 팔이며, 다리며, 어디 한군데 불에 대인 흔적 따윈 찾을 수 없었다.

아니, 머리칼 한 올조차 타지 않았고, 심지어 흐트러진 곳조차 없다.

'내공이 얼마나 심후하기에…….'

꿀꺽!

저도 모르게 침을 삼키고만 택중. 그가 더듬거리며 말했다.

"이, 이대론 안 될 거 같은데요?"

그의 말 대로였다.

싸워서 이길 상대가 있고, 싸우면 반드시 질 상대가 있는 법이다.

전장에서 숱한 밤을 새우고, 피로 하루를 시작해 또 하루를 마감하길 수없이 반복해 온 꼴통 잡조인지라 택중의 말을 듣기도 전에 자신들에게 닥친 상황을 알아차렸다.

"칫! 괴물 같은 놈이네!"

나지경이 혀를 차며 소리쳤을 때, 도악이 서둘러 외쳤다.

"전원 퇴각한다! 퇴로를 확보해라!"

휙! 휙! 휙! 휙!

꼴통 잡조가 대답 없이 몸을 날렸다.

당연히 단목원이 있는 곳과는 정반대의 방향을 향해서였
다.

그런 와중에도 나지경이 택중을 향해 소리쳤다.

"나중에 봐요, 공자나—임!"

코 먹은 소리로 한쪽 눈을 찡긋해 보이곤 재빨리 사라지
는 그녀를 보면서 택중은 기가 막히지 않을 수 없었다.

이런 마당에도 저런 짓이라니!

일면 어처구니없는 심정이었지만, 적어도 한 가지만은 인
정할 수밖에 없다.

간이 커도 너무 커서 배 밖으로 꺼내 들고 다닐 만한 여
인이라는 점이었다.

그리고 간 큰 여인들은 바로 옆에도 있었다.

"저자를 막을 동안 고 공자와 함께 피하도록!"

진수화가 소리치자, 옥란이 고개를 끄덕였다.

그러곤 택중에게 물었다.

"가실 수 있겠어요?"

택중이 반사적으로 고개를 끄덕이곤 은설란과 함께 그녀를 뒤따르려다 말고 진수화를 향해 시선을 돌렸다.

"괜찮겠어요?"

진수화가 싱긋 웃었다.

"그럼요! 이래 봬도 싸움은 조금 하거든요. 것보단 이따가 부탁해요!"

"……뭐, 뭘?"

"아이 참, 다 알면서."

꿀꺽.

택중은 얼굴이 새파래져서 침을 삼켰다.

그런 그의 팔을 옥란이 잡아당겼다.

그렇게 세 사람이 막 자리를 뜨려는 찰나였다.

저벅.

단목원이 한 걸음 내디뎠다.

그리고 그 발소리는 모두의 움직임을 멎게 할 만큼 무게가 있었다.

멈칫.

택중이 움직임을 멈추는 순간, 단목원의 나직한 음성이 허공을 갈랐다.

"겨우 그 정도의 사내였던가?"

"……."

도발이라는 걸 잘 알고 있었지만, 택중은 쉽사리 걸음을 뗄 수 없었다.

그것은 그의 마음에 틈을 벌렸고, 그 잠깐의 틈을 단목원의 목소리가 사정없이 파고들었다.

"아무래도 헛수고였던 거 같군."

"……."

"이번 작전에 동원된 무인들의 수가 오백. 거기에 장강 일대의 수적들까지 끌어들이기 위해 막대한 시금이 무너졌지. 한데 기껏 잡고 보니, 송사리였다니……."

피식.

명백한 비웃음.

그 나직한 웃음소리가 택중의 마음을 흔들었다.

바로 그때였다.

"깔깔깔깔!"

청량한 웃음소리가 허공을 흔들었다.

진수화였다.

"아, 죄송해요. 근래에 들어 본 소리 중에 가장 웃겨서 말이죠."

단목원이 눈을 가늘게 한 채 그녀를 보았다.

진수화가 다시 말했다.

어딘지 모르게 느긋한 음성이었다.

"자기 멋대로 생각하고, 그게 아니라고 생각하니까 강짜를 부리는 거나 마찬가지잖아요? 게다가……."

"……."

"알 수 없는 미약까지 써서 상대의 능력을 철저히 봉쇄해 놓곤 그런 소리라니. 비겁한 것도 정도가 있지 않을까?"

흐응? 하는 눈빛으로 단목원을 보다가 진수화가 눈썹을 치켜세웠다.

그러곤 표정을 바꿔 차가운 얼굴을 해 보이며 물었다.

"아마도 그 정도까지 두려웠던 거겠지만, 송사리는 어느 쪽이라고 생각하는 거야?"

그런 그녀를 단목원이 아무런 대꾸도 하지 못한 채 바라보고 있을 때, 옥란이 택중의 팔을 끌어당겼다.

은설란 역시 택중을 바라보며 고개를 끄덕이고 있었다.

'상관 말고 어서 가요!'

그녀의 눈빛은 그렇게 말하고 있었다.

그 뜻을 알아챈 택중이 이를 악물고 다시금 걸음을 내디딜 때였다.

"그렇게 생각한다면…… 더는 막지 않겠소."

"능력은 되고요?"

단목원의 말에 진수화가 받아치자, 그가 미소를 머금었다.

조금 전과는 달리 여유 있는 표정이었다.

"믿지 못하겠다면 하는 수 없겠지. 하지만, 갈 때 가더라도 이 얘긴 듣고 가길."

"……?"

택중이 의아한 표정을 짓는 순간, 진수화가 소리쳤다.

영문을 알 수 없는 불길함이 그녀의 가슴을 흔들고 있었기 때문이다.

"뭐해! 어서 그 공자를 무시지 않고!"

그녀의 외침에 옥란이 택중의 활을 세차게 잡아넘겼다.

바로 그 순간 단목원의 입술이 벌어졌다.

"은 소저께선 부친의 안위보단 사내 따위가 더 소중한 모양이군. 하긴 수십 년 동안 딸을 내팽개치고 중원을 떠도는, 그런 아버지라면 없는 게 나을는지도 모르겠군."

"……!"

은설란의 두 눈이 부릅떠지고, 멈춰 선 그녀의 다리는 잘게 떨리고 있었다.

그녀의 떨림이 택중의 손을 통해 그대로 전해져 오고 있었다.

그 순간이었다.

툭!

택중이 팔을 튕겨 옥란의 손을 떨쳐 냈다.

그러곤 멈춰 서서 움직이지 않는 은설란의 손조차 놓아 버렸다.

이어 돌아섰다.

한데, 고개는 들지 않은 채였다.

그 상태로 택중이 천천히 걸음을 떼기 시작했다.

저벅저벅.

그 모습을 옥란이 너무나 놀라서 쳐다보고 있었고, 진수화조차 뭐라 말하지 못한 채 바라볼 뿐이었다.

다만, 은설란만은 충격에서 벗어나지 못한 채 움직이지 않고 있었다.

그러거나 말거나, 택중은 계속해서 걸음을 내디뎠다.

그리고 이윽고 그가 진수화를 지나쳐 갈 때였다.

스윽.

정신을 차린 진수화가 막 손을 뻗어 택중의 어깨를 붙잡으려다 말고 흠칫 멈췄다.

부르르.

그녀는 차마 택중을 붙잡지 못한 채 떨고 있었다.

숙인 채 고개를 들지 않고 있는 택중에게서 느껴지는 이질적인 기운 때문이었다.

저벅저벅.

그사이 택중은 이미 진수화를 지나쳐 앞으로 걸어가고 있었다.

마침내 그가 멈춰 섰을 때, 그와 단목원과의 거리는 불과 오 장여.

한 번의 도약이면 검을 휘두를 수 있을 정도로 충분히 가까웠다.

단목원이 말했다.

"훗! 제법이군. 그나마도 무인으로서의 자각은 지니고 있다는 애긴가?"

다소 비아냥거리는 듯한 음성에 택중의 뒤쪽에 있던 진수화가 몸서리쳤다.

뿐만 아니라 화가 잔뜩 났는지 붉게 달아오른 얼굴이 되어 막 소리치려고 했다.

하나, 그녀의 음성은 입 밖으로 터져 나오지 못했다.

그전에 택중이 먼저 말했기 때문이다.

"……그런…… 따윈……. 차라리……."

하지만, 너무나 작아서 알아들을 수 없었다.

마치 잠꼬대처럼, 혹은 아이의 옹알이처럼 뜻을 알 수 없는 말들이 공간을 건너 단목원의 귓가로 날아가고 있었던 것이다.

"……?"

무슨 말인지 몰라 단목원이 고개를 갸웃했을 때 택중이
고개를 번쩍 쳐들었다.

그 순간, 단목원은 흠칫 놀라지 않을 수 없었다.

바로 그때 택중이 무심한 어조로 내뱉었다.

"너 따윈, 사라지는 게 좋겠어."

                 *   *   *

승용차를 운전하던 아버지의 뒷모습이 보이고, 자신을 안
고 있던 어머니의 체온이 느껴졌다.

"어머, 우리 아들 깼어?"

"응, 여긴 어디야?"

어린 택중이 눈을 비비며 물었고, 그런 아이의 모습이 사
랑스러웠던지, 어머닌 웃음기 어린 음성으로 말했다.

"아직 좀 더 가야 해."

"그럼, 아직 멀었어?"

택중이 다시 물었고, 어머니가 그의 머리를 쓰다듬었다.

"이제 조금만 더 가면 돼."

그녀의 대답에 택중은 울상을 지어 보였다.

그러자 어머니가 물었다.

"왜? 진아가 걱정돼서 그런 거니?"

“응.”

“괜찮을 거야. 아줌마도 계시니까.”

“그치만…….”

여동생이 틀림없이 울고 있을 거란 생각이었지만, 택중은
굳이 말하진 않았다.

아버지도, 어머니도 이미 알고 있을 거란 생각에서였
다.

그민큼 동생은 울보였다.

그럼에도, 그런 유진을 가정부 아주머니에게만 맡겨 놓고
올 수밖에 없었던 것도 어쩔 수 없는 일이었다.

할아버지의 기일에 맞춰서 강원도 산골까지 산소에 다녀
오는 길은 멀었고, 하필이면 유진이 감기에 걸려서 앓아누
워 버렸기 때문이다.

사실 이 때문에 어머니는 오시지 않으려고도 했지만, 떠
나기 직전 유진이 열이 완전히 가시고 감기가 거의 다 나으
면서 마음을 바꾼 터였다.

그렇다곤 해도 이렇게 세 사람이어서 집을 떠날 수 있던
건, 삼 년이라는 제법 긴 시간 동안 집안일을 돌보아 준 가
정부 아주머니 덕분이었다.

어찌 보면 이젠 한 가족이나 다름없었기 때문이다.

아마 지금도 유진은 아주머니의 품 안에서 잠들어 있을

터였다.

"그래. 좀 더 자거라. 이제 한 시간이면 도착할 테니, 너무 걱정하지 말고."

아버지까지 저리 말하니, 택중은 애써 마음속에 깃든 불안감을 털어 버렸다.

"왜 그러니, 우리 아들?"

그럼에도, 안절부절못하는 택중에게 어머니가 묻고 있었다.

"……오줌 마려워요."

"응? 어쩌지? 휴게소는 아직 좀 더 가야 하는데……."

운전석에서 아버지가 말하고 있었다.

"못 참겠니?"

어머니가 물었고, 택중이 머리를 흔들려다가 이내 고개를 끄덕였다.

정말이지 참기 어려웠기 때문이다.

그러자, 백미러를 통해 아들의 모습을 본 아버지가 하는 수 없다는 듯 말했다.

"그럼, 저기 갓길에 잠시 차를 대기로 할까?"

"그래도 되겠어요?"

어머니가 창밖을 바라보며 되묻고 있었다.

날이 저물어 어둑해진 도로를 보며 걱정스러운 눈빛을 하고 있었다.

아버지가 대수롭지 않다는 듯 대답했다.

"괜찮아. 나도 졸음 좀 깰 겸, 담배 한 대 피우지 뭐."

이렇게 말하곤 운전대를 조심스레 돌려 차를 갓길 쪽으로
향했다.

끼익.

차가 멈추자, 어머니가 물었다.

"같이 갈까?"

"에이, 내가 뭐 어린앤가요?"

택중이 입술을 삐죽거리며 차에서 내렸다.

그러곤 쪼르르 달려가 갓길에서 그다지 멀지 않은 산비탈
을 향해 돌아섰다.

그 모습을 보던 아버지가 껄껄 웃으며 차에서 내리며 말
했다.

"내가 보고 있을 테니, 당신은 차 안에 있어."

아버진 차에서 내려 본네트에 등을 기댄 채 담배를 한 대
꺼내 물었다.

찰칵.

라이터 불에 담배가 붉게 점멸하고, 깊은 숨소리와 함께
뿌연 연기가 피어올랐다.

그리고 저만치서 오줌을 누면서도 불안한 듯 연방 뒤를

돌아보는 아들을 향해 아버지가 손을 흔들었을 때였다.

빠————앙!

경적이 울렸고, 헤드라이트의 강렬한 불빛이 덮쳐 왔다.

이어 엄청난 크기의 트럭이 괴물처럼 달려와 한 가족의
행복을 집어삼켰다.

*　　　*　　　*

후회는 아무리 빨라도 늦는다.

더욱이 그것이 어쩔 수 없는 일이었다면 말할 것도 없
다.

그럼에도, 항상 후회할 수밖에 없는 것이 사람이던가.

아니면, 그것밖에는 할 수 있는 일이 없기 때문이던가.

어차피 답도 없는 질문이었지만, 택중은 지난 세월 수없
이 되물었었다.

그러나 답은 구할 수 없었다.

아니 애당초 답 따윈 없었는지 모른다.

그때로 되돌아간다면……

만일 자신이 소변을 보기 위해 차에서 내리지 않았다
면……

좀 더 참아서, 갓길이 아닌 휴게소에서 차를 세웠더라

면…….

그대로 깨지 않고 도착할 때까지 잠들어 있었더라면…….

그랬다면…….

그랬다면…….

…….

…….

…….

가정에 가정…….

꼬리를 물고 이어지는 후회의 질문들.

그것들은 택중을 놓아 주지 않은 채 십수 년을 괴롭혀 왔다.

그래서였을까.

그는 유진에게 온갖 정성을 쏟아 왔다.

자신은 그렇다 치고, 그 때문에 고아가 되고만 동생이 측은해서만은 아니었다.

따지고 보면 자신이야말로 구원받은 셈이었다.

만일 동생이 없었더라면, 그는 아마도…….

견디지 못했을 거다.

자신 때문에 두 분, 부모님이 돌아가셨다는 죄책감을.

동생조차 없었다면 이 세상에 혼자 남겨졌다는 고독감을 도저히 이겨 내지 못했을 게 틀림없었다.

그렇기에⋯⋯.

아니, 그게 아니더라도 세상에 단 하나밖에 없는 혈육. 유진은 그에게 있어서 더없이 소중한 존재.

그리고⋯⋯.

아버지, 어머니⋯⋯.

이미 세상엔 없지만, 그의 마음속에선 그 두 분은 언제나 자애롭고 사랑스러운 가족이었다.

그것이야말로 택중이 이제 와 찾은 답이었는지 모른다.

한데⋯⋯.

그는 들었다.

"⋯⋯하긴 수십 년 동안 딸을 내팽개치고 중원을 떠도는, 그런 아버지라면 없는 게 나을는지도 모르겠군."

동시에 그는 느꼈다.

팔을 타고 전해지는 은설란의 떨림을.

그 순간, 택중은 과거로 돌아가고 있었고, 그 영겁처럼 무한할 것 같던 순간이 지나고 고개를 들었을 때 그는 보았다.

상복을 입은 채 눈시울이 벌게진 주제에 애써 눈물을 참고 있는 소년을.

그 소년이 누구인지는 단번에 알아차렸다.

옆에서 울음을 그치지 않고 흐느끼는 소녀도 눈에 익었다.

그런 남매를 안쓰럽게 바라보는 시선도 기억한다.

"쯧쯧! 어린 것들이 무슨 죄라고……."

여기저기서 들려오던 목소리들이 아직도 귓가를 맴돌았다.

대부분은 이제 고아가 되어 버린 어린 남매를 측은하게 여기는 목소리였고, 그중에 일부는 먼저 가 버린 부모를 몹쓸 사람들 취급하기까지 했다.

하지만, 그게 아니지 않은가!

죄는…….

으득!

택중은 마주 보며 서 있는 어린 소년을 서럽게 쏘아보았다.

그 순간, 소년의 모습을 흐릿해지고, 순식간에 비릿한 미소를 머금은 사내로 바뀌었다.

꾹!

주먹을 움켜쥔 택중이 고개를 쳐든 것도 그때였다.

그런 그의 눈빛은 깊어져 있었다. 언뜻 보기에도 시커멓게 죽어 있어서 마치 죽은 자의 그것 같았다.

그 상태로 그가 다시 한 번 중얼거렸다.

"너 따윈 몰라. 아무것도 모른다구!"

후웅.

그의 온몸에서 폭풍 같은 기세가 터져 나왔다.

스윽.

그와 동시에 택중이 손을 천천히 들어 올렸다.

슈아아아아악!

어디에선가 시퍼런 칼날이 날아왔고, 그걸 발견한 진수화가 놀라서 소리쳤다.

'위, 위험해요!'

하지만, 그녀가 말하기도 전에 칼날은 허공에서 뒤집어지며 검 손잡이가 그대로 택중의 손아귀에 빨려 들었다.

그리고 시퍼런 강기가 칼날을 뒤덮은 것은 그야말로 순식간의 일이었다.

파지지지직!

강기는 곧이어 전뇌(電雷)가 되고, 푸른 전뇌는 사방으로 뻗어 나가고 있었다.

그 칼을 택중이 머리 위로 쳐들었다.

그 순간, 번개가 쳤다.

번쩍!

칠흑같은 밤하늘을 가르며 떨어진 시퍼런 벼락이 칼끝으로 떨어졌다.

그리고 택중이 검을 휘둘렀다.

슈악!

바람을 가르며 휘둘러진 검끝에서 시퍼런 벼락이 쏘아졌다.

단 한 줄기의 벼락.

뇌격검 제일초식인 일지검뇌라고도 할 수 있었으니, 굳이 말하자면 초절정에 들어선 자라면 누구라도 막을 수 있을 터였다.

그러나…….

단목원은,

막지 못했다.

* * *

도주하는 사내의 행색은 초라하기 짝이 없었다.

엄청난 폭발 속에서도 단정함을 잃지 않았던 모습은 이미 사라진 지 오래였다.

새하얀 옷은 여기저기 찢어져 있었고, 심지어 불에 타서 너덜거렸다.

뿐만 아니었다.

간신히 막아 간 칼날과 함께 통째로 날아간 오른팔. 어깨까지 사라져 버린 한쪽 팔에선 끊임없이 피가 흘러내렸다.

그럼에도, 그는 멈춰 서지 않았다.

크윽!

'기필코 복수하겠다!'

쉼 없이 달려가는 단목원의 두 눈에서는 시퍼런 안광이 줄기줄기 쏟아지고 있었던 것이다.

*   *   *

기시감(旣視感) 같은 것이었다.

분명히 일전에도 이러한 일이 있었다는 생각에 그녀는 저도 모르게 씁쓸한 미소를 짓고 말았다.

침대 위에서 두 눈을 감은 채 죽은 듯이 누워 있는 사내. 그리고 그 옆에 앉아서 사내의 얼굴을 물끄러미 내려다보고 있는 자신.

은설란은 왜 매번 이런 일들이 일어나는지 궁금해졌다.

"휴우!"

나직한 한숨과 함께 자문자답했다.

'미안해요.'

그리고 곧바로 마음속 깊이 사과하고 마는 그녀였다.

실로 미안했던 것이다.

굳이 비교하자면, 자신과 비교하면 그가 지니는 무게감은 더할 나위 없이 무겁다.

어쩌면 당금 무림의 형세는 온전히 그 한 사람에게 달렸다고 해도 과언이 아닐 정도다.

그런데, 그는 그걸 깨닫지 못하는 모양이었다.

그렇기에 매번 위험에 처하는 것일 테나.

특히나 이번 일처럼 '겨우 한 여자의 위험' 따위에 함부로 뛰어드는 일도 예사였다.

하나 그녀는 안다.

그는 그런 남자다.

그래서 자꾸만 마음이 간다는 것을.

때문에 이 남자를 바라보는 자신의 마음이 이렇게나 아프다는 것도 알고 있었다.

여기까지 생각이 미치자, 그녀는 콧날이 시큰해졌다.

그러자 미처 어쩌지도 못하는 새 시야가 흐려지며 눈가에 물기가 차올랐다.

글썽거리는 눈물에 당황스러워진 은설란은 손등을 들어 눈가를 훔쳤다.

아니, 그러려고 했다.

그러나 그녀는 그렇게 하지 못했다.

한 사내의 목소리가 그녀를 멈칫거리게 만들었던 것이다.

"왜 울어요?"

어느새 깬 걸까?

택중이 놀란 듯한 눈으로 은설란을 보고 있었다.

실로 당황스러워진 은설란이 재빨리 고개를 돌리고 말았다.

그리고 이번에야말로 눈물을 훔치기 위해 손을 들어 올렸다.

하나, 이번에도 그녀의 시도는 실현되지 못했다.

스윽.

택중이 손을 뻗었는데, 들어 올려진 손은 어느새 은설란의 뺨에 가 닿았다.

흠칫.

놀란 은설란이 어린 새처럼 몸을 떨었다.

스윽.

그녀의 눈가를 엄지로 천천히 훑으며 택중이 나직이 말했다.

"울지 마요."

"……"

"당신은 웃는 게 예쁘다니까요."

"……"

은설란은 먹먹해지는 가슴을 어쩌지 못하고 자리를 박차고 일어났다.

그러곤 돌아서며 더듬더듬 말했다.

"누, 누가 울었다고 그래요."

"……"

아무런 소리도 들려오기 않자, 그녀는 머뭇거리다가 다시 말했다.

"저, 정말이라니까요."

"알았어요."

택중이 상체를 일으키는지 끙끙거리다가 다시 누우며 앓는 소리를 내자, 놀란 은설란이 돌아섰다.

"아직 일어나면 안 돼요!"

"하아……"

택중이 누운 채 한숨을 흘리더니 물어 왔다.

"얼마나 누워 있었던 거죠?"

"닷새……"

그녀의 대답에 택중이 눈을 홉떴다가 이내 중얼거렸다.

"미안해요."

"뭐가요?"

"걱정했을 거 아니에요."

"그야……."

은설란이 차마 대답하지 못하고 있자, 택중이 다시금 상체를 일으키려 했다.

"안 된다니까요!"

은설란이 말렸지만, 택중은 고집을 부렸다.

끙끙거리면서 상체를 세우는 그를 말리지 못하고, 은설란은 도울 수밖에 없었다.

상체를 일으켜 앉은 뒤, 택중이 말했다.

"그래서, 아버지는 만났어요?"

그의 질문에 은설란은 천천히 고개를 내저었다.

그 순간이었다.

택중이 소리쳤다.

"에? 아직도 안 만났단 말이에요?"

"……."

"휴우! 그러지 마요."

"……."

아무런 말도 하지 않고 있는 은설란에게 택중이 뭐라고 더 말하려다 말고 그대로 입을 다물었다.

잠시 어색한 침묵이 흐르고, 택중이 다시금 몸을 움직였다.

"아!"

은설란이 놀라서 소리쳤지만, 택중은 또다시 고집을 부렸다.

"괜찮아요."

말과는 달리 몇 번이나 신음을 흘리면서 침대에서 내려온 택중이 은설란의 부축을 받으며 섰다.

그리고 물었다.

"배고프지 않아요? 지금 라면 끓일 건데, 같이 먹을래요?"

은설란이 놀란 눈을 해 보였다가 곧바로 고개를 끄덕였다.

그 모습을 보곤 택중이 밝게 웃으며 방을 나섰다.

그리고 부엌 쪽으로 걸음을 옮기며 말했다.

"말했던가요? 사실, 저…… 부모님이 안 계세요."

"……!"

은설란은 놀란 모양이었다.

그러거나 말거나 택중은 돌아보지도 않은 채 계속해서 말하고 있었다.

찬장에서 라면을 꺼내고, 냉장고에서 썰어 놓았던 파가 담긴 통과 계란을 꺼내며 그가 얘기했다.

"사고였어요. 제가……."

마치 남의 일인 양, 그저 맑은 목소리로 얘기를 이어 가는 택중을 은설란은 바라만 보았다.

그동안 택중은 냄비를 꺼내어 물을 받고 있었다.

그러면서 계속 말하고 있었다.

"동생이 하나 있어요. 그 아이에겐 미안한 일이죠. 따지고 보면 그때……."

여기까지 말했을 때였다.

"저……."

은설란이 말하기 시작했고, 택중이 고개를 돌려 그녀를 바라보았다.

그녀가 머뭇거리다가 말했다.

"아무래도 가 봐야겠어요."

"……."

"라면은 나중에 먹을게요."

말을 마치고도 차마 돌아서지 못하고 입술을 짓씹는 그녀를 향해 택중이 밝게 미소 지었다.

"그럼……."

그가 라면 두 봉지를 내밀었다.

"이거 가져갈래요?"

"……."

택중이 내미는 걸 물끄러미 바라보던 은설란이 떨리는 손으로 받아 들었다.

그러곤 두 팔로 소중하게 껴안은 채 돌아섰다.

이어 서둘러 바깥쪽으로 뛰어가 문을 열고 사라졌다.

그 모습을 바라보던 택중이 옅은 미소를 머금은 채 마당 위로 보이는 하늘을 올려다보았을 때였다.

삐걱.

현관문이 다시 열리고, 은설란이 고개를 쏙 내밀었다.

"……?"

"고, 고마워요!"

이렇게 말한 뒤 다시금 사라지는 은설란이었다.

*　　　*　　　*

그가 일어났다는 얘기를 들은 진수화와 옥란, 그리고 골통 잡조가 찾아왔을 땐 그저 고마울 따름이었다.

하지만 갈천성과 함께 흑사련주인 적무강까지 병문안을 왔다 가고, 이어서 얼굴도 모르는 흑사련의 무사들이 찾아오자, 택중은 서서히 지쳐 가고 있었다.

그만큼 이미 흑사련 내에서 그가 차지하는 비중이 높아졌다는 얘기였지만, 그런 건 아무래도 좋았다.

지금은 그저 쉬고 싶을 뿐이었다.

이러한 그의 마음을 헤아린 것인지, 갈천성은 무치를 보내 주어 그를 지키게 해 주었다.

그렇게 무치가 대문을 지킨 채 찾아오는 사람들에게 한동안 택중을 만날 수 없다고 말하게 된 뒤에야 평온한 일상을 되찾을 수 있게 되었다.

'흐음, 이러다가 갑자기 돌아가게 되면 영 재미없는데?'

현대로 돌아갔을 때 팔아 치울 물건들을 사 모으지 못했기 때문이다.

고민하던 그는 무치에게 부탁하기로 마음먹었다.

"그러니까, 여기 적힌 물건들을 사 오면 되는 겁니까?"

무치가 물었고, 택중이 대답했다.

"사례는 충분히 할 테니, 부탁 좀 할게요."

"걱정 마십시오."

무치의 대답에도 택중은 불안하기만 했다.

하지만 다행히도 무치는 제법이었다.

꽤 질이 좋은 물건들을 사 왔고, 그중엔 극상의 물건들까지 있어서 택중을 기쁘게 만들었다.

'이제 슬슬 돌아갈 때가 된 거 같은데?'

계절이 바뀌어 바람이 차지고 있었다.

조만간 냇가의 살얼음이 얼 터다. 그 정도로 기온이 내려가 있었던 것이다.

"아, 졸려!"

몸이 안 좋다는 이유로 보일러를 떼서인지, 방 안엔 따스한 공기가 흐르고 있었다.

그 때문에 몹시 졸렸다.

택중이 꾸벅꾸벅 졸다가 끝내 곯아떨어졌을 때였다.

치이이익.

택중의 가방 안에 있던 라디오에서 잡음이 들리기 시작했다.

주파수가 적힌 계기판의 눈금자가 빠르게 움직이더니 좌우로 흔들리며 쉴 새 없이 움직이는 눈금자.

마치 누군가 보이지 않는 손이 다이얼을 움직여 적당한 주파수를 잡듯이 심하게 움직이던 눈금자는 한순간 한곳의 숫자를 가리키며 멈췄다.

94.5

예전에도 한번 이런 일이 있었지만, 곯아떨어진 채 잠들어 있는 택중은 알지 못했다.

그러거나 말거나, 라디오에선 이상한 소리가 흘러나오기

시작했다.

%$^#&*^%# **((&^%(&*$ ^$@%$#@

그것은 도저히 알아들을 수 없는 소리였고, 그게 아니더라도 워낙에 작았기에 잠들어 있는 택중으로선 들을 수 없었다.

그리고 다음 날 아침.

우우우웅.

스마트폰에서 진동이 몇 차례 울린 뒤 알람이 터졌다.

오빠 언능 일어나! 아잉~ 언능~!

코 막힌 소리로 잉잉대는 음성이 두 차례 이어졌지만, 택중은 눈을 뜰 줄 몰랐다.

그만큼 피곤하다는 증거일 터다.

일어나지 못할 뿐만 아니라, 꿈을 꾸는지 잠결에 잠꼬대까지 하고 있었다.

"어, 엄마…… 가, 가지 마……. 엄…… 마…….."

허공으로 손을 내젓던 택중이 몸을 뒤척이며 돌아누웠다.

그러곤 눈썹을 찡그렸다가 이내 빙그레 웃었다.

여전히 눈은 뜨지 못한 채였다.

"음냐…… 도…… 돈이다……. 황…… 금."

이번엔 두 손을 뻗어 손에 잡히는 대로 주물럭거리는 택중.

그때였다.

"꺄아아아아아아악!"

심녹한 비명이 태쥬의 귀가를 때렸다.

틀림없는 여인의 비명이었다.

깜짝 놀란 택중이 눈을 번쩍 떴을 때, 여인은 발버둥 치다가 택중을 힘껏 걷어찼다.

퍽!

한차례 배를 걷어차인 택중이 침대 아래로 떨어졌다.

쿵!

"으헛!"

엉치뼈에서 시작된 통증에 눈살을 찌푸릴 때 택중의 귓가로 여인의 날카로운 외침이 들려왔다.

"다, 당신 누구야!"

눈이 휘둥그레진 택중.

침대 위에는 등을 돌린 채 바들바들 떨고 있는 여인이 보였다.

두 팔로 가슴을 가리고 있었지만, 훤히 드러난 등과 엉덩
이⋯⋯.

알몸이었다.

택중은 너무 놀라 숨이 멎을 지경이었다.

꿀꺽.

침을 삼키며 그가 물었다.

"누, 누구세요?"

제37장

누구?

후다닥 뒤로 물러나는 택중에게 여인은 베개를 집어 던지며 외쳐 댔다.

　"저리 가! 저리 가란 말이야!"

　택중은 두 손으로 머리를 감싸 쥐며 뒤로 물러나다가 그만 엉덩방아를 찧고 말았다.

　그러면서도 필사적으로 자신의 얘기를 하려고 애썼다.

　"다, 당신이야말로 누구……."

　휙!

　바람을 가르고 날아온 탁상 시계가 택중의 얼굴을 강타했다.

퍽!

"끄억!"

뒤로 넘어가는 택중. 두 개의 콧구멍에서 시뻘건 핏물이 누룩하고 흘러내렸다.

주저앉은 채 얼굴을 감싸 쥐고 앉아 있던 택중이 갑자기 벌떡 일어나며 절규했다.

"끄아아아! 당신 누구야!!"

벌떡 일어나 소리치는 택중.

그를 침대 위의 여인은 무섭게 노려보고 있었다.

이불로 온몸을 칭칭 만 채로 택중을 노려보는 여인의 모습은 그야말로 앙칼진 모습이었다.

"오지 마! 이 나쁜 놈!"

"내가 뭐! 당신이야말로 남의 집에 들어와서 무슨 짓인데?"

여인이 갑자기 말을 멈추고 택중을 바라보았다.

그러다가 일순 침대에서 벌떡 일어났다.

그 바람에 그녀가 두르고 있던 이불이 벗겨지고 말았다.

"……!"

"……!"

두 사람 사이에 납덩이처럼 무거운 침묵이 흘렀다.

하지만 오래가지 않았다.

짜악!

강렬한 타격음이 방 안을 울렸다.

*　　　　*　　　　*

"그러니까, 네가……."

택중은 말을 하다 말고 한숨을 내쉬고 말았다.

"아아……!"

고개를 절레절레 내젓던 그가 천천히 되뇌었나.

"그래서, 여긴 어떻게 알고 온 거야?"

한바탕의 소란 뒤에 옷을 갖춰 입은 여인은 양손을 뒤로 해 맞잡은 채로 방 안을 둘러보는 중이었다.

"정말 깜짝 놀랐지 뭐야?"

택중의 물음에는 대답할 생각이 없다는 듯 자기 할 말만 하는 그녀였다.

"그 코찔찔이가 이렇게 컸으리라곤 생각지도 못했네. 호호호. 그래도 변한 게 없는 거 같아서 좋네."

어느 순간 걸음을 멈추더니 홱 하고 몸을 돌려 택중을 보고 있었다.

이때 택중 역시 시선을 돌리고 그녀를 보고 있었다.

두 사람의 시선이 허공에서 얽혔다.

마침 창을 통해 아침 햇살이 쏟아져 들어와 여인을 비추고 있었다.

'정말 변한 게 없는 건 내가 아닌 거 같은데?'

택중은 갑자기 그 시절이 그리워졌다.

"으아아앙!"

어린 유진이 울음을 터뜨리면 어떻게 알고 왔는지, 택중이 달려오곤 했다.

"윽!"

"악바리다!"

"도, 도망가!"

택중을 발견한 아이들이 소리치며 흩어졌다.

"오빠아아아!"

유진이 택중의 품 안에 안겨 들며 훌쩍거리면, 택중은 여동생을 꼭 끌어안고 토닥여 주곤 했다.

그 모습을 멀리서 바라보던 다인은 언제나 기묘한 표정을 짓고 있었다.

그렇게 한 달을 지켜보았다.

그동안 아이들은, 어쩐지 가까이하기 어려웠던 다인을 피하곤 했고, 그로 말미암아 그녀는 언제나 혼자였다.

그런 그녀를 택중은 정말이지 이상하다는 듯 쳐다보곤 했다.

택중이 있는 고아원으로 오는 아이들은 대개 두 가지 경우였다.

부모에게 버림받았거나 돌봐 줄 가족이 하나도 없거나……

가끔이지만, 미아가 되어 가족의 품으로 돌아가지 못하는 때도 있기는 했다.

하지만, 그 경우는 대부분 정신지체아거나 아니면 발견당시에 너무 어린 경우였다.

둘 다 전문적인 곳으로 보내지기 때문에, 택중이 있는 고아원에선 볼 수 없었던 것이다.

당시 아홉 살이었던 다인은, 부모님이 돌아가셔서 왔다고 했다.

그런데도 다인은 조금도 불안한 모습이 아니었다.

뭐랄까.

어딘지 모르게 차가운 인상이었고, 다른 아이들과 말도 섞지 않았다.

처음 고아원에 오게 되면 불안해하는 모습도 없었다.

'이상한 아이……'

택중의 눈에 비친 다인은 전혀 고아로 보이지 않았던 것이다.

궁금했던 택중이 원장어머니에게 물었지만, 원장어머니

께서 그저 웃기만 할 뿐 대답해 주시지 않으셨다.

그 이유를 알게 된 것은 그녀가 고아원에 들어온 지 석 달쯤 되었을 무렵이었다.

"자, 인사하렴."

원장 어머니의 얘기에 다인이 아이들에게 고개를 숙여 보였고, 그걸로 끝이었다.

다인을 태운 고급승용차가 떠나가는 모습을 아이들이 부러운 시선으로 바라보았을 뿐이었다.

'처음부터 할아버지를 찾을 때까지만 있기로 했다던가?'

택중이 기억하는 다인의 과거였다.

'그런데 이제 와서 왜 날 찾아온 거지?'

의아해진 택중이 상념에서 깨어나며 물었다.

아니, 그러려는 순간이었다.

"미안해."

"……?"

"그, 그거…….."

다인이 손짓하는 걸 보고야 택중은 깨달았다.

자신의 뺨이 아직도 붉게 물들어 있다는 것을.

"아, 아냐아냐! 일부러 그런 건 아니지만, 그래도 오히려 사과해야 하는 건 나니까."

손사래를 치며 애써 말하는 택중. 그의 눈에 비친 다인은 몹시 아름다웠다.

십 년이 넘는 세월은 훌쩍 뛰어넘어 다시 만난 그녀는 어느새 저만큼 성장해 여인이 되어 있었던 것이다.

그제야 그는 자신이 처음으로 다인의 얼굴을 제대로 보고 있다는 것을 깨달았다.

청초한 얼굴이었다.

그런데다, 눈동자는 상당히 컸고, 코도 오똑한데다가 입술도 도톰했다. 그야말로 여간해서는 보기 어려운 미인이었다.

'탤런트 빰치게 생겼네.'

그렇다고 감동한 것은 아니었다.

'흥! 예쁜 것들은 몽땅 돈 덩어리지.'

그래 봐야 그에게 있어선 돈만 쓰는 존재에 불과한 게 여자라는 족속일 뿐이었다.

특히 예쁘면 예쁠수록.

택중이 심드렁한 표정으로 중얼거렸다.

"저쪽에도 있지. 그런 여자가……."

그것도 하나도 아닌 여럿.

그가 은설란을 비롯한 중원의 여인들을 머릿속에 떠올리곤 한숨을 내쉬다가 불쑥 물었다.

"그래서 우리 집은 어떻게 알고 찾아온 거야?"

"원장님께 여쭤봤어."

"……어째서?"

다인이 질문에는 답하지 않고 쓴웃음을 지어 보였다.

이상하다고 여기면서 택중이 되물었다.

"곤란한 일이라도 있는 거야?"

"그건……."

머뭇거리던 다인이 어렵게 말을 꺼냈다.

"내가 미국으로 갔던 건 알고 있지?"

"뭐, 대충은……."

택중의 대답을 들으며 다인이 침대에 걸터앉았다.

그러곤 갑자기 생각났다는 듯 물었다.

"근데, 유진이는 같이 안 살아?"

택중이 머리를 긁적이며 대답했다.

"이런저런 사정이 좀 있었거든."

다인이 택중을 물끄러미 바라보다가 얘기했다.

"어쩐지……. 너도 그렇지만, 유진이가 안 보인다 싶더
라."

"아! 그러고 보니……. 여긴 어떻게 들어온 거야?"

"응?"

다인이 눈을 동그랗게 떴다가 이내 맑게 웃었다.

그러곤 침대 옆으로 손을 뻗었다.

"여기에 전화하니까, 문 따 주던걸?"

열쇠 출장 033—XXXX—XXXX

뜨악!

택중은 순간 기가 막혔지만, 이내 진정했다.

'그래……, 미국에서만 살아서 사정을 몰랐……. 끄악! 이게 아니잖아!'

대체 그동안 무슨 일이 있었던 거냐!

어릴 때 보았던 차갑고 도도하기만 하던 다인은 어디 가고…….

누구냐 넌!

택중이 머리를 움켜잡고 울부짖고 있을 때, 다인은 계속해서 말하고 있었다.

"주소는 매니저가 알려 줬고."

"……매니저?"

"응."

"……?"

"아! 말 안 했었나?"

끄덕끄덕.

"지난번 찍은 드라마가 잘돼서 이번에 데뷔하거든."

"데뷔?"

"영화."

"여, 영화?"

"응. 촬영은 지지난달에 끝났고, 전 세계에 동시 개봉하기로 했는데, 홍보 일정상 마지막으로 한국에 들른 참이거든."

그녀의 얘기를 들으면서 택중은 자신이 혹시 이해력 부족이 아닌가 의심하지 않을 수 없었다.

'전세계 개봉? 홍보?'

대체 어느 나라 말이람?

택중은 눈앞에 앉아 있는 여인이 자신과는 다른 세계에 사는 사람처럼 여겨졌다.

그러다가 일순 깨달았다.

순식간에 눈이 휘둥그레진 택중이 놀라서 외쳐 물었다.

"그럼 미국에서…… 배우가 됐다는 거야?"

그가 손가락으로 그녀를 가리키는 걸 보면서 다인이 상큼한 미소를 머금었다.

"어쩌다 보니, 그렇게 되었어."

그게 어쩌다 보니 될 수 있는 거냐!

택중이 황당하다는 표정을 지어 보였지만, 다인은 개의치 않는 눈치였다.

그녀가 다시 말했다.

"보스는 호텔에서 머물길 바랐지만, 내가 싫다고 했거든."

"보스?"

"응. 한국말로 하면…… 사장? 맞아?"

"그렇다 치고."

"솔직히 말하면 호텔 쪽이 더 위험하다고 생각하기도 했고……."

위험?

택중이 눈을 가늘게 해 보였다.

그러나 다인은 아무것도 눈치채지 못하는 모양이었다.

"아무튼, 그래서 말인데, 한국을 떠날 때까지 앞으로도 여기서 머물 수 있을까?"

택중은 망설이지 않을 수 없었다.

'방이라면 있지만…….'

원래 유진이를 위해 꾸며 놓은 방에 머물게 하면 될 터다.

하지만…….

'혹시 들키진 않을까?'

중원과 현대를 오가는 택중으로선 조심스러울 수밖에 없

었다.

부정적인 결론에 도달하기 직전, 그는 생각을 고쳐먹었다.

'그래. 어차피 나중에 유진이랑 함께 살 때도 같은 문제에 직면할 거야. 그렇다면, 이번에 시험 삼아 먼저 경험해 보는 것도 좋겠지.'

일단은 자신의 직업을 무역상이라고 해 놓으면, 오랫동안 집을 비우는 문제는 해결될 테고…….

진짜 문제는 중원에서 현대로 올 때 그녀가 깨어 있거나 해서 보게 되는 경우인데…….

한참 고민하던 택중이 말했다.

단호한 음성이었다.

"한 가지만 약속해 준다면, 가능할 것도 같은데?"

"……?"

"내 방에 함부로 들어오지 말 것. 설사 내가 오랫동안 집을 비울 때에도. 가능하겠어?"

"오브 코스! 그거라면 오히려 내 쪽이 먼저 부탁할게. 서로 사생활은 철저히 지키기로 해."

긴장했었던가?

다인이 한껏 맑은 미소를 지어 보이며 환호하고 있었다.

그런 그녀를 향해 택중이 슬그머니 물었다.

"궁금한 게 있는데……. 그 영화라는 게, 할리우드?"

"응, 맞아."

잠시 그녀를 물끄러미 보던 택중이 되물었다.

"근데, 미국에서만 살았을 텐데 한국말 되게 잘한다, 너?"

아홉 살이란 어린 나이에 미국으로 건너간 후, 그곳에서만 살았을 텐데 어떻게 저렇게 한국말을 잘하나 싶었던 것이냐.

"그야……."

다인이 대답하려다 말고, 기묘한 미소를 베어 물었다.

"비밀!"

어딘지 모르게 석연찮기만 한 택중이었다.

아까 그녀가 말한 '위험' 이라는 단어도 그렇고.

*　　　*　　　*

금발의 중년 남자가 들어선 순간, 외친 것은 이 한마디였다.

"오! 그레이트!"

푸른 눈동자로 집안 곳곳을 쳐다보며 감탄사를 연발하는 미국인을 택중이 신기한 듯 바라보자, 다인이 피식 웃더니 말했다.

"보스는 이 집이 마음에 들었나 봐."

한옥이라서 그런가?

택중은 이해하기 어려웠지만, 내색하진 않았다.

그러거나 말거나 다인의 보스, 그러니까 그녀가 소속되어 있다는 미국 내 프로덕션의 사장은 한참이나 집안을 살피며 즐거워했다.

그렇게 삼십여 분이 지나서야 진정한 사장이 이윽고 택중과 마주 앉았다.

물론 거실 바닥에 기묘하기 짝이 없는 양반다리를 하고서.

"서다인 양이 일주일 정도 지내게 될 테니, 앞으로 잘 부탁한다고 하시는군요."

다인이 한국에 머무는 동안 그녀를 전담하게 될 매니저는 순수 한국인이었다.

그의 통역을 들으며 택중이 할 수 있는 일이라고는 그저 고개를 끄덕이는 것밖에 없었다.

"그럼 부탁합니다."

그들이 떠나고 나서, 둘만 남게 된 후 다인이 말했다.

"신경 쓸 것 없어. 얼마 후면 떠날 테니까······."

"······그래."

"그럼, 앞으로 잘 부탁해요."

다인이 싱긋 웃으며 말하자, 택중 역시 미소로 대답하지 않을 수 없었다.

"나야말로."

그리고 밤이 되었다.

한적한 동네인 만큼 사위가 어두워지자, 풀벌레 소리와 바람 소리 말고는 아무런 소리도 들려오지 않고 있었다.

규칙적인 생활이 몸에 밴 택중은 이미 꿈나라로 건너간 뒤였다.

"꺄악!"

비명 한 줄기가 집안 쪽에서 들려왔다.

택중이 자리를 박차고 일어났다.

후다닥.

앞뒤 젤 것도 없이 문을 박차고 안으로 뛰어든 그의 눈이 휘둥그레지고 말았다.

방문을 뛰어나오는 여인이 보였고, 그 뒤에서 한 사내가 무서운 얼굴로 뒤쫓아 오고 있었던 것이다.

택중을 발견한 다인은 재빨리 그의 등 뒤로 돌아가 숨었다.

'강도?'

택중은 더 이상 생각지 않았다.

무작정 뛰어나갔다.

휙! 휘릭, 휙!

연거푸 내지른 손과 발이 허공을 가르는 사이, 다인을 위협하던 사내의 몸에서 격타음이 터졌다.

퍽! 퍼버벅!

"끄억!"

돼지 멱따는 소리와 함께 바닥에 곤두박질친 사내를 택중은 서둘러 올라타서 팔을 꺾었다.

그러곤 외쳤다.

"움직이지 마!"

동시에 다인을 향해 소리쳤다.

"뭐해? 신고해! 어서!"

하지만, 다인은 움직일 줄을 몰랐다.

몸을 잘게 떨면서도 신고할 생각을 하지 않았다.

"⋯⋯?"

까닭을 알지 못한 택중이 이상하다는 듯 그녀를 보았다.

그때쯤 진정이 된 듯 다인은 더 이상 떨지 않고 있었다.

길게 한숨을 내쉬며 한차례 고개를 내저은 뒤 택중에게 다가오는 그녀였다.

"신고하라니까!"

택중이 다시 한 번 외치자, 그녀가 말했다.

"어디다가 신고하는지 몰라."

"하아?!"

한숨을 내쉬며 택중이 소리쳤다.

"112!"

하지만, 이번에도 다인은 전화를 걸지 않았다.

그러긴커녕 핸드폰도 꺼낼 생각이 없는 듯 보였다.

아니나 다를까.

"그럴 필요 없이."

말과는 달리 여전히 말끝이 떨리고 있었다.

그것만 보아도 그녀가 얼마나 놀랐는지 알 수 있었다.

택중이 '이유가 뭐냐?' 라는 눈길로 그녀를 보았지만, 다인은 설명하지 않았다.

대신 택중의 엉덩이에 깔린 채 버둥거리는 사내를 보며 말했다.

"일을 크게 벌리고 싶지 않아요. 보내 드릴 테니, 돌아가세요. 대신 다시는 이런 짓……."

"……?"

택중이 의아한 표정을 짓고 있을 때였다.

"크리스틴! 당신은 내 꺼야!"

이건 또 뭔 소린지?

크리스틴?

'다인의 미국 이름인가?'

택중이 고개를 갸웃거리고 있을 때 다인이 앞으로 나서며 다시 말했다.

"자꾸 이러시면 정말 신고하는 수밖에 없어요."

마치 엄마가 아이를 다독거리는 듯한 말투였다.

그럼에도, 별반 소용이 없었다.

사내는 여전히 악다구니를 썼을 뿐이다.

"세상의 악으로부터 당신을 지킬 수 있는 건 나뿐이란 말이야!!"

"휴! 그러니까, 그건 드라마 속 얘기일 뿐이라니까 그러네요."

"개소리! 아직도 모르겠어? 당신을 노리는 악당들은 아직 아무것도 포기하지 않았다는 사실을?"

"이제 그만하세요. 자꾸 이러면……."

바로 그 순간이었다.

후다닥.

택중이 잠시 방심한 틈을 타 사내가 일어섰고, 전광석화처럼 빠르게 다인을 덮쳤다.

"엇!"

놀란 택중이 등을 돌렸을 때는 이미, 사내가 다인을 뒤쪽에서 끌어안고 있었다. 한 손에는 시퍼런 칼로 다인의 목을 겨눈 채로.

"그 칼 내려놓지 못해!"

택중이 외쳤고, 사내가 웃었다.

"크흐흐흐. 내 말을 믿지 못한다는 건, 이미 이년도 악당들에게 넘어갔다는 증거지! 그렇다면 남은 건 한 가지뿐! 세상에 남겨진 정의를 지키기 위해서라면!"

부들부들.

몸을 떨고 있는 다인이 목에서 실낱같은 혈선이 생겨나더니 핏물이 흘러내렸다.

그 순간 택중이 몸을 날렸다.

획!

공간을 접듯 허공을 가른 그의 신형이 순식간에 사내에게 짓쳐 들었다.

그러곤 내뻗어진 주먹.

퍽!

사내의 얼굴에 제대로 꽂혀 드는 순간, 사내가 들고 있는 칼이 바닥을 때렸다.

쨍그랑!

사내가 주저앉고, 다인이 그 자리에 선 채로 몸을 떨며 흐느꼈다.

경찰은 홀로 오지 않았다.

경찰차 바로 뒤에 쫓아온 한 대의 소형차를 발견한 다인
은 한 손으로 이마를 짚으며 고개를 숙이고 말았다.

의아한 표정을 지어 보이던 택중은 얼마 지나지 않아 그
까닭을 알 수 있었다.

"오! 완전 특종인걸?!"

두 명의 기자 중 하나가 카메라맨을 향해 기묘한 미소를
지어 보이며 말하고 있었다.

경찰과 한차례 상황 설명을 하고 있던 다인은 그 와중에
도 기자들의 시선을 신경 쓰는 모양이었다.

미국에서의 오랜 연예 생활을 통해서 그녀는 경찰서에 기
자들이 진을 치고 있다는 잘 알고 있었다.

아마도 그곳 역시 사정은 같은 모양이었다.

아니, 더하면 더할 터였다.

파파라치라고 하던가?

한국뿐 아니라, 미국 역시 특종을 쫓아 세상을 떠돌아다
니는 쪽보다는 사건, 사고가 끊이지 않는 경찰서에서 쓸 만
한 기사를 얻는 게 낫기 때문이었다.

그리고 거기서 정보를 얻고는 경찰차를 쫓아 사건 현장으

로 달려오곤 하는 것이다.

어찌 되었든 지금의 상황은 그녀로선 피하고 싶은 일임은 틀림없었다.

스토커.

택중이 그녀에게 들어서 알고 있는 바로는, 다인은 열다섯 살 때부터 미국 드라마에 출연하기 시작했다고 한다.

물론 동양인인데다가 원래부터 그곳에서 태어난 처지도 아니었기에 처음에는 단역이었다. 하지만, 점차 인기를 얻어 주연 자리까지 꿰찰 수 있었다.

그리고 이제는 영화에까지 출연하게 된 터였다.

이를테면 스타였다.

그렇기에 노출될 수밖에 없는 사생활.

여기까지는 그래도 이해할 수 있었다. 하지만 팬이라고 부르기엔 한층 위험한 자들, 즉, 스토커로부터 오늘처럼 위협 아닌 위협을 받을 때면 스트레스가 보통이 아니다.

특히나 특종을 노리는 파파라치들까지 몰려들게 되면 피곤한 일이 한둘이 아니게 된다.

"저희가 알아서 잘 처리할 테니, 아무쪼록 염려치 마십시오."

경찰 한 명이 말했고, 매니저가 감사의 말을 전했다.

전화를 받고 급히 달려와 있었던 것이다.

경찰차에는 사건을 일으킨 스토커 사내가 여전히 정신을 잃은 채 타고 있었다.

그때 경찰들이 소곤대는 소리가 들려왔다.

"아직도 정신을 차리지 못하고 있는 건가? 차라리 엠뷸런스를 부를 걸 그랬나?"

"그 정도는 아닌 거 같아. 심박도 정상이고……. 하지만……."

경찰들은 택중을 바라보았다.

몹시 의심스럽다는 눈초리였다.

하기야 칼까지 들고 설치는 사내를 단박에 제압했으니 그럴 만도 하다.

"그나저나 참고인 진술은 받아 놓긴 했는데……."

"됐어. 이런 일 어디 한두 번 해? 어차피 빤하잖아? 괜스레 일 크게 벌리지 말고, 저놈만 구속해."

"하기야. 굳이 말하면 선량한 시민인데……. 상은 못 줄망정 괴롭힐 필요는 없겠지."

원래대로라면 택중도 일단 경찰서로 데려가야 하는 게 맞겠지만, 다인의 프로덕션에서 무슨 수를 썼는지 서장으로부터 스토커 사내만 구속하라는 지시가 내려왔던 것이다.

그렇게 사건은 일단락되고 경찰차가 떠나갔다.

하지만, 진짜 골치 아픈 일은 이제부터였다.

기다렸다는 듯 기자들이 몰려들었다.

그리고 한참 동안 기자들에게 둘러싸인 채 다인의 매니저
가 웃음과 함께 얘기하는 소리가 들려왔다.

그러는 동안에도 택중은 한쪽에 가만히 서 있다가 고개를
내저으며 돌아섰다.

밖은 매니저에게 맡겨 놓고 안으로 들어가려는 참이었다.

어차피 이제는 그가 할 일이 있는 것도 아니었기에.

그때였다.

"대권도라도 배우신 모양입니다?"

기자 한 명이 그에게 다가와 묻는 게 아닌가.

택중은 고개를 내저었다.

"전혀요."

"호오! 그럼 다른 무공이라도 배운 겁니까?"

"건강에 좋다기에 조금 배웠어요."

"조금이라……. 단 한 방에 기절했다고 하던데…… 그게
조금이라면 저 역시 한번쯤 배워 보고 싶군요."

빙그레 웃는 기자였다.

안경테 너머 눈동자에는 뭔가 기묘한 눈빛을 흘리고 있었
다.

순간 기분이 언짢아진 택중이 딱딱한 말투로 말했다.

"더 이상 할 말 없으시면 이만."

돌아서는 그를 기자가 바라보다가 돌아섰다.

"자, 우리도 이만 가지."

부릉.

기자들을 태운 승용차가 떠나가고 난 뒤, 집으로 들어가기 위해 택중이 막 문을 열려는 참이었다.

"저어······."

돌아보니 매니저였다.

"······?"

"한 가지 말씀드릴 게 있는데요······?"

매니저의 시선을 쫓은 택중이 대문 앞에 서 있는 다인을 발견했다.

'뭐지?'

매니저가 빙그레 웃은 뒤 말했다.

"부탁이 있습니다."

*   *   *

한바탕의 소동 끝에 집으로 들어온 택중은 침대 위에 누워 눈을 감았다.

그러곤 매니저와 나누었던 대화를 떠올렸다.

"아시다시피 서다인 양은 미국에서 꽤 잘나가는 스타라서 말이죠."

"그래요?"

"모르셨나요?"

"전혀요."

"……."

"……."

"차여트 애당초 한국으로 올 때부터 보안 문제 때문에 신경이 쓰이던 참이거든요."

"그래서요?"

"원래대로라면 이미 보드가드를 붙였어도 벌써 붙였어야 하는데……. 서다인 양이 극구 반대해서 말이죠."

"왜죠?"

"그게……."

"……?"

"한국인들이 자신을 못 알아볼 거라고 하면서……."

"……!"

"뭐, 영화 출연은 이번이 처음이니 아주 틀린 얘기도 아니라서……. 대신 머무는 곳을 극비로 하고 있었습니다만. 뭐, 결국 이런 사달이 나고 말았다는 거죠."

"그럼, 이제라도 보안이 잘돼 있는 아파트나 빌라로 옮기면 될 거 아니에요."

"그건 그렇지만⋯⋯. 서다인 양이 꼭 이곳에서 살겠다고 고집을 부려서 말이죠."

"진짜 별나네⋯⋯."

"하여간에 부탁합니다."

"그러니까 뭘 부탁한다는⋯⋯."

"서다인 양의 보디가드가 되어 주십시오."

"에엑?"

뭔가 착각한 거 아니냐며, 자신은 그쪽이 생각하는 것처럼 힘이 세거나 무공 실력이 높지도 않다고 강변해 보았지만 소용없었다.

이쪽에서도 할 마음도 없었지만, 그 이전에 자신보다는 좀 더 프로페셔널 한 경호원을 고용하는 게 훨씬 낫지 않느냐고도 했다.

하지만 소용없었다.

"서다인 양이 좀 별난 구석이 있긴 하죠. 하지만, 어쩌겠습니까? 보디가드는 싫다고 하는데⋯⋯."

"아니, 그러니까 왜 싫다고⋯⋯. 아니, 그건 그렇다 치고 보디가드가 싫다는 사람이 제가 한다고 좋아하겠어요?!"

"글쎄요. 제가 보기엔, 그녀가 생각보다 선생님을 믿고 있는 거 같아서요."

"허……!"

"어디까지나 서다인 양이 집에 있을 때만 좀 신경 써 주시면 됩니다. 그러니까……."

결국, 승낙하고만 택중이었다.

어릴 때 겨우 석 달간의 인연뿐이었지만, 그것도 정이라고 매몰차게 굴 수가 없었던 것이다.

"일이 잘못돼도 전 몰라요."

조건 아닌 조건을 건 뒤에야 고개를 끄덕이는 택중. 그런 그에게 매니저는 몇 번이나 허리를 굽히고야 돌아갔던 것이다.

'이게 무슨 일이래? 갑자기 웬 보디가드!'

갑작스러운 다인의 출현과 이상하기 짝이 없는 전개.

모든 게 얼떨떨하기만 한 택중이었지만, 중원에서 돌아온 뒤 거듭된 소란에 피곤해서인지 금세 잠이 몰려오고 있었다.

잠시 후, 방문이 열리며 어둠 저편에 한 여인이 서 있었다.

다인이었다.

그녀가 나직한 음성으로 말했다.

"저기, 자?"

대답은 들려오지 않았다.

그럼에도, 그녀는 다시 물었다.

"아까 물었었지?"

머뭇거리던 다인이 모깃소리만큼 작게 말했다.

"미국에서만 살았을 텐데 어떻게 그렇게 한국말을 잘할 수 있느냐고……."

제38장

기묘한 동거 생활 그리고…….

진동과 함께 알람이 터졌다.

오빠 언능 일어나! 아잉~ 언능~!

"시끄럿!"
잠결에 택중에 소리쳤다.
하지만, 스마트폰은 그의 바람을 들어줄 생각이 없는 모양.

오빠 언능 일어나! 아잉~ 언능~!

애교라도 부리듯 코 막힌 소리로 잉잉대는 음성이 이어지자, 택중이 뒤척거렸다.

쿵!

그러다가 그만 침대에서 굴러 떨어지고만 택중.

"으악!"

바닥에 머리를 심하게 부딪치고만 택중이 몸을 일으키며 신음했다.

"아야!"

머리통이 깨질 것 같은 통증 덕에 잠이 확 달아나고만 택중은 잠시 뒤 정신을 차릴 수 있었다.

"침대를 치우든가 해야지."

벌써 반년이 넘게 침대에서 자고 있지만, 익숙해지지가 않았던 것이다.

이곳으로 이사 오기 전까진 항상 바닥에서 자던 습관 때문이다.

택중은 불퉁거리며 일어나 방문을 열었다.

긁적긁적.

목이 늘어난 티셔츠 안으로 손을 집어넣어 배를 긁으면서 마당을 가로지른 택중이 화장실 문을 열었다.

"까악!"

"헛!"

재빨리 문을 닫으며 택중이 소리쳤다.

"안 봤어! 하, 하나도 안 봤어! 꽃무늬 팬티 같은 건 보지 못했다니까!"

순간 정적.

이어 문 안쪽에서 비명이 터져 나왔다.

"끼아아아아악!"

"으아아아아!"

"이, 이 짐승!"

"아, 아니라니까!"

화장실 안에 있던 비누며 샴푸며……. 온갖 것들이 날아드는 걸 피해 후다닥 물러나는 택중이었다.

'크악! 누, 누가 안에 있는 줄 알았나!'

마음속으로 비명을 내질렀지만, 이미 늦은 일.

그의 머릿속에 새하얀 나신이 어른거리고 있었다.

"그러니까, 샤워 같은 걸 하려면 문이라도 잠그고 하든가……."

민망함에 중얼거리던 택중이 문득 고개를 들고 하늘을 올려다보았다.

그 이전에, 아침부터 웬 샤워람.

'하긴, 사람마다 다른 거니까.'

생각해 보니, 이렇게 복작거리는 아침은 실로 오랜만이다.

고아원에서 나온 뒤로 줄곧 혼자서만 지내 왔던 그였기에.

겨우 한 사람 더 같이 살게 된 것뿐인데, 생활이 완전히 바뀐 느낌이었다.

'아! 그러고 보니, 어젯밤에 뭐라고 한 것 같은데…….'

잠결에 들으니, 다인이 문을 열고 들어와 뭐라고 한 것도 같았는데…….

"에이, 별거 아니겠지 뭐!"

택중이 머리를 긁적이며 바닥에 떨어진 것들을 줍기 시작했다.

*   *   *

덜컹거리며 열리는 화장실 문소리에도 택중은 뒤돌아보지 않았다.

다인이 샤워를 마치고 나오는 소리일 터.

택중은 그저 말없이 툇마루에 앉아 콩나물을 다듬고 있었다.

눈이라도 마주칠까 애써 시선을 피하고 있던 그의 머리 위로 그림자가 드리우는가 싶더니, 귓가로 다인의 음성이 들려왔다.

"흐음……. 요리하네?"

"요, 요리는 무슨……. 그냥 아침밥 하는 거지."

"응? 근데, 왜 얼굴이 빨개?"

"빠, 빨갛긴? 누, 누가?"

엉덩이를 비틀며 그녀에게서 등을 돌리며 확실히 시선을 돌린다.

그런 그에게 다인이 오히려 다가오며 물었다.

"왜 그래? 어디 아파?"

"아냐!"

"그럼……."

"……."

"삐쳤어?"

"삐치긴 누가 삐쳤다고?"

"난 또 아까 내가 화내서 그러나 했지."

털썩.

어느새 곁에 주저앉는 그녀. 깜짝 놀란 택중이 침을 삼켰다.

'큭! 샴푸 냄새!'

방금 샤워했으니, 당연한 일. 그렇다는 건…….

'지금도 버, 벌거벗……. 꿀꺽!'

얼굴이 확 달아오른 그가 허둥거리기 시작했을 때였다.

휙!

바람 소리와 함께 손 하나가 눈앞에 나타났다.

햇볕에 그을려 구릿빛을 하고 있는 택중의 팔뚝과는 달리, 새하얀 손목이었다.

깜짝 놀란 택중이 두 손을 휘젓다가 뒤로 넘어가고 말았다.

그러면서도 애써 그녀를 보지 않으려고 버둥거리던 그였지만……

얼결에 보고 말았다.

'……!'

순간 얼어붙고 마는 택중.

이어 안도의 한숨이 터져 나왔다.

'아! 그, 그렇구나!'

다인은 새하얀 추리닝을 입고 있었던 것이다.

'하, 하긴……. 알몸일 리가 없지.'

그렇게 생각했던 자신이 바보 같아, 실소가 지어졌다.

그때 다인이 밝은 표정으로 물었다.

"콩나물 다듬네?"

"반찬으로 무쳐 먹으려고."

"흐음."

의미를 알 수 없는 표정을 지어 보이는 다인을 보곤 택중이 물었다.

"왜? 내가 이러고 있는 게 이상해?"

"아니. 조금……."

"조금?"

"찌질해 보여서."

울컥.

택중의 이마에 힘줄이 불거졌다가 가라앉았을 때, 다인이 엉덩이를 움직여 그의 곁으로 바짝 다가앉았다.

그 때문에 택중의 팔에 그녀의 가슴이 닿았다.

순간 얼굴이 확 달아오른 택중이 침을 삼키며 옆으로 움직이기 위해 애썼다.

하지만, 정작 그녀는 아무렇지도 않다는 듯 말했다.

"그래도 재미있어 보이네."

"하, 한 번도 안 해 봤어?"

"응."

"……해 볼래?"

바로 옆에 앉은 그녀 때문에 시선을 어디로 둬야 할지 모르면서 택중이 더듬거렸다.

그러자, 그녀는 기다렸다는 듯 소매를 걷어붙였다.

"좋아! 한번 해 볼까?"

펼쳐 놓은 신문지 위에 있던 콩나물을 집어 들면서 그녀가 밝게 웃었다.

그 모습을 보는 순간 택중은 피식 웃음이 나오고 말았다.

이제껏 긴장하기만 했던 자신이 우스웠던 것이다.

금세 몰두하기 시작하는 다인을 보며 그가 슬그머니 자리
에서 일어났다.

"그럼, 난 부엌에서 된장찌개 끓일게."

"와! 된장찌개?"

"싫어?"

"아니! 맛있을 거 같아서."

"된장찌개도 못 먹어 본 사람처럼 굴기는……."

"뭐, 미국에서도 한식당이 있고, 사 먹기야 많이 사 먹었
지. 하지만……."

알 만하다.

집에선 그런 거 해 먹어 본 적 없다?

그래도 그렇지. 자기가 해 먹진 않았다고 해도 다른 사람
이 해 줬을 거 아닌가?

할아버지도 한국 사람이니까 집에 한두 사람쯤 한국 요리
를 할 줄 아는 사람이 있었을 텐데.

부엌 쪽으로 향하며 그가 물었다.

"미국에서는 할아버지하고만 살았어?"

"응? 아니, 그런 건 아닌데……."

"할머니도 함께?"

"아니, 가족은 할아버지뿐이야."

"그렇구나. 그럼, 살림은 할아버지께서 하신 건가?"

별 뜻 없이 말한 택중이었는데, 들려온 대답은 다소 뜻밖이었다.

"그런 건 아니고……."

"그래? 그럼, 네가 한 거야? 와! 대단하네. 학교 다니면서 살림도 하고. 게다가 나중엔 연예계 생활도 했잖아?"

"그렇지 않아. 살림은 아줌마가……."

"아줌마?"

"응. 아이린 아주머니라고……. 식사랑 세탁, 청소 등 집안일 대부분은 그녀가 하고, 정원이랑 바깥일은 빈 아저씨가 한 걸, 뭐."

"너…… 부, 부자구나?!"

택중이 놀랍다는 듯 외쳤지만, 그녀는 옅은 미소만 띨 뿐이었다.

한데 그 웃음이 어쩐지 씁쓸해 보였다.

그 때문에 택중은 더는 묻지 못했다.

잠시 후 그가 된장찌개를 가스 불에 올려놓고, 압력 밥솥에 쌀을 안치고 있을 때였다.

"다 됐어요!"

언제 왔는지, 바로 옆에서 다인이 외치고 있었다.

기쁜 얼굴이었다.

마치 칭찬을 바라는 아이의 얼굴이랄까.

택중은 뭐랄까, 웃고 있는 그녀를 보자니 기분이 좋아져서 고개를 끄덕이며 말했다.

"잘했어요. 콩나물 잘 다듬……. 헉!"

"왜?"

"콩나물 대가리를 다 떼어 놓으면 어떻게 해!"

"그러면 안 되는 거야?"

"그걸 말이라고 해! 대체 상식이 있는 거야! 없는 거야! 휴! 무슨 여자가 콩나물도 하나 못 다듬어."

순간 다인이 버럭 고함쳤다.

"그럼 일찍 말해 주든가! 아무것도 알려 주지 않고 이제 와서 왜 화를 낸데?!"

"아놔! 말을 말아야지. 됐어, 저리 가 있어."

심통이 났는지 다인이 입을 삐죽거리며 방 안으로 들어갔다.

쾅!

문이 세차게 닫히는 걸 보면서 택중이 다시 한 번 고개를 내저었다.

*　　　　*　　　　*

택중은 방바닥에 늘어진 채 TV를 보고 있었다.

아마 평생을 통틀어 이렇게 편하게 누워서 TV를 시청하는 건 처음 있는 일일 터였다.

게다가 과자까지 먹으며 드라마를 보고 있으니, 꼭 자신이 진짜로 부자가 된 것만 같았다.

다만, 한 가지…….

"궁상을 떨어요!"

뒤쪽에서 들려오는 잡음에 기분을 망친 택중이 누운 채로 고개만 휙 돌렸다.

그러곤 빽 하고 소리쳤다.

"왜 노크도 없이 들어와?!"

"그야 심심한걸……."

"심심? 일없어? 왜 안 나가고 집에 있는 건데?"

"일요일이잖아."

"무슨 연예인이 일요일 타령? 스케줄이라는 게 있을 거 아냐?"

"지금은 없어. 원래 난 일요일엔 일 안 하거든. 뭐, 이따가 저녁엔……."

"팔자 좋네."

"흥! 그러는 넌, 일 안 나가?"

"나도 일요일엔 일 안 해!"

그럴 리가…….

철저한 자유업인 택중에게 일요일이 웬 말인가?

하지만 그렇다고 해서 다인만 혼자 놔두고 일하러 나가기도 뭐해 이러고 있던 참이었다.

그녀가 집에 홀로 있으면 쓸쓸할까 봐 그런 게 아니다.

뭐랄까.

불안했던 것이다.

'라디오도 있고, 또 금고도……'

딱히 그녀를 의심하는 건 아니지만, 그래도 불안한 마음을 떨칠 수가 없었던 것이다.

"팔자 좋네."

다인이 방 안으로 들어오며 말하자……

"아, 남이사! 그리고 내 집에서 내가 뭘 하던 뭔 상관이야!"

발끈한 택중의 외침에 침대에 누워 있던 다인이 눈에 쌍심지를 켰다.

그런 채로 택중을 노려보다가 그녀가 갑자기 베개를 집어던졌다.

휙!

하지만, 곱게 맞아 줄 택중이 아니다.

후다닥!

몸을 굴려 베개를 피한 그가 피식 웃었다.

그 모습에 더욱 부아가 치미는지 다인이 차갑게 그를 노려보았다.

그러다가 묘한 미소를 지으며 말했다.

"어머나, 이를 어째? 당신의 그 소중한 과자가 몽땅 물에 젖고 말았네?"

"헛!"

고개를 돌린 택중이 낭패한 표정을 짓고 말았다.

과자 옆에 놓아 두었던 물컵이 쓰러져 있었고, 컵에서 쏟아진 물은 이미 과자를 흠뻑 적시고 있었던 것이다.

"제길!"

이 아까운 과자를!

무려 천 원이나 주고 산 건데!

뿐이냐! 아직 절반도 먹지 못했다고!

"끄아! 내 과자!"

절규에 가까운 소리를 내지르는 택중이었다.

그때였다.

"우리 정말 이대로 헤어져야 하는 건가요?"

TV에서 들려오는 음성이었다.

'응? 저건?'

고개를 홱 돌린 택중이 물었다.

"저게…… 너?"

"……응."

다소 부끄럽다는 듯 고개를 끄덕이는 다인.

TV 화면에선 아름다운 선율의 음악과 함께, 두 남녀가 밀어를 속삭이고 있었다.

해가 지는 노을을 배경으로 푸른 초원에서 두 연인이 다가오는 이별에 안타까워하는 중이다.

택중이 개봉할 영화를 소개하는 TV프로그램을 보면서 중얼거렸다.

"미국인과 한국인의 사랑이라……."

한국전쟁이 한창이던 1950년대를 배경으로, 미국으로 건너간 한국 여인이 캘리포니아 주지사로 출마하려던 미국 남성을 만나면서 사랑에 빠진다는 내용인가 싶은데.

사랑은 국경도 없다더니…….

'꽤 예쁘게 나오네.'

확실히 스크린으로 보는 것과 현실은 다르다…… 고 생각하고 있을 때였다.

"저 사람 죽어."

"응?"

"그러니까, 저 남자 죽는다니까."

"……왜?"

"그야……. 톰슨이 여자를 사랑하니까지."

"톰슨이 누군데?"

"또 다른 주지사 출마자."

"헉! 이거……. 멜로 아니었어?"

"멜로? 그럴 리가. 스릴러물인데?"

"으악! 말도 안 돼! 그럼, 방금…… 스포?"

"응응, 그런 거죠."

"크악!"

택중이 재빨리 고개를 돌리며 외쳤다.

"너무해! 아직 보지도 않은 영화를……!"

두 손으로 머리털을 쥐어뜯으며 발버둥 치던 택중이 그녀를 노려보았다.

"너무해! 어떻게 그렇게 잔인할 수가 있는 거야! 어째서 말한 거냐고!"

"뭐, 어때서? 보지도 않을 거면서."

"하! 누가 안 본다고……."

"그럼 볼 거야?"

"그, 그야……."

볼 리가 없는 그다.

아니, 그전에 영화는커녕 TV 볼 시간도 아깝게 여기는 택중 아닌가.

머뭇거리는 택중을 보며 그럴 줄 알았다는 듯 다인이 피식 웃었다.

그 모습에 고개를 푹 숙이고 마는 택중이었다.

"넌…… 악마야!"

택중의 손이 흐릿해진 순간, 베개가 날아갔다.

무방비 상태에 있던 다인이 베개를 얼굴에 맞고는 소리쳤다.

"윽!"

"……."

"흐응…… 그렇게 나왔다 이거지?!"

그녀가 베개를 들고 덤벼들었다.

그때부터 두 사람이 베개싸움을 하기 시작했다.

그러길 한참.

딩동.

차임벨이 울리고…….

"자, 잠깐!"

손을 내저은 뒤, 택중이 방을 빠져나갈 때 다인이 등 뒤에서 소리쳤다.

"빨리하고 와! 계속해야지!"

신이 난 듯 소리치는 그녀의 음성을 뒤로 한 채, 택중이 옅은 미소를 배어 물었다.

그러면서 마당을 가로질러 현관문으로 다가간 그가 문을 열었다.

그리고 놀라 입을 벌리고 말았다.

문 너머엔……

'어, 어떻게 알고……?'

택중의 눈동자가 흔들리고 있었다.

"유진아!"

택중의 외침에 유진이 활짝 웃는다.

"헤헤, 오빠!"

놀람도 잠시, 택중이 반가워서 소리쳤다.

"어떻게 알고 찾아온 거야? 오려면 전화하지! 그럼, 내가 데리러 갔을 텐데, 아! 근데, 어떻게 온 거야? 여기까지 오는 버스가 없을 텐데? 혹시 택시 타고 온 거야? 안 돼! 그러다가 나쁜 사람이라도 만나면 어쩌려고……."

"에이, 내가 뭐 어린앤가? 오빠도 참……."

"어허! 큰일 날 소리. 세상이 얼마나 무서운데. 우리 진아처럼 예쁘고 여린 아이는 조심하고 또 조심해도 부족하지 않아요!"

"호호호. 오빠는……! 걱정하지 마, 아빠가 근방에 볼일이 있으시다면서 데려다 주셨어!"

"응? 아, 아저씨가? 그럼……."

바깥쪽으로 시선을 돌리는 택중에게 유진이 맑게 말했다.

"아! 아빤, 늦으셨다고 그냥 가셨어. 안부 전해 달라고 하시더라."

"으, 응…… 그랬구나."

아마도 얼굴 보기가 껄끄러워 그런 걸 테다.

씁쓸한 웃음을 지어 보이던 택중의 귓가로 다인의 외침이
들려온 것도 그때였다.

"자기! 너무 늦는 거 아냐?!"

화들짝 놀란 택중의 눈동자에 비친 유진 역시 놀란 얼굴
을 하고 있었다.

"오, 오빠…… 누구?"

당연한 반응인지 모른다.

혼자 사는 걸로 철석같이 믿고 있던 오빠인데…….

여자라니!

'서, 설마……?'

유진의 얼굴이 붉어지는 걸 본 택중이 급히 손을 내저으
며 소리쳤다.

"아, 아냐! 그런 거 아니라니까!"

하지만, 그런 그의 노력도 허무하게 안쪽에서 들려오는
음성.

"에이, 참! 한창 달아올랐는데……. 안 오면, 나 그냥 확
샤워한다? 어머, 이 땀 좀 봐!"

꿀꺽!

택중이 침을 삼키고, 유진이 붉어진 얼굴로 고개를 숙이고 말았다.

*　　　*　　　*

"까아아악! 유진아!"

"언니!!"

서로 얼싸안고 폴짝폴짝 뛰는 두 사람을 택중이 어이없다는 듯 쳐나보았나.

'뭐야? 두 사람…… 이 정도로 친했던 거야?'

그럴 리가 없는데…….

그가 기억하는 고아원 시절의 다인은 어딘지 모르게 차가운 인상이었다.

게다가 유진 역시 너무 어려서 잘 기억하지 못하고 있을 줄 알았다.

한데, 이건 뭐…….

'누가 보면 친자매인 줄 알겠네!'

그만큼이나 두 사람은 십 년이 넘는 세월을 훌쩍 뛰어넘은 재회에 무척 기뻐하고 있었다.

'뭐, 이런 것도 나쁘지 않지만.'

더불어 다행인 것은…….

유진의 오해가 풀린 것이랄까.

아깐 정말이지, 눈앞이 캄캄하기만 했던 것이다.

더욱이 택중을 떨리는 눈망울로, 원망하듯 바라보던 유진
의 시선이란……

그러나 지금 눈앞에선 언제 그랬냐는 듯 유진은 기쁨에
겨워 다인과 즐겁게 담소를 나누고 있었다.

그렇게 한참 동안 서로의 안부를 묻고, 이런 저런 얘기를
하던 두 사람.

"와! 그럼, 그 영화에 언니가 출연한 거네?"

"응. 그렇게 됐어."

"나, 그 영화 되게 보고 싶었는데……"

"그래? 그럼 보러 오면 되잖아."

"……시험 기간이라서."

"호호호. 그럼, 미리 보면 되지."

"……?"

"있다가 시사회가 있거든."

"시, 시사회?"

"갈래?"

"응응. 나, 갈래!"

"호호호. 그렇다는데?"

다인이 시선을 돌려 택중을 바라보았다.

"아, 알았어. 그렇게 하지 뭐."

두 사람이 결정하고, 한 사람이 엉겁결에 고개를 끄덕이
고 있었다.

*　　*　　*

"세차 좀 하고 다니지!"

다인이 구박 아닌 구박을 하고,

"그래, 오빠. 일 때문에 바쁜 건 알지만, 차 좀 깨끗이
하고 다녀."

유진까지 나서서 한마디 하자, 택중이 얼굴을 붉히고 말
았다.

"이참에 차 한 대 사! 작은 거로 사면 그다지 그렇게 비
싸지 않을 텐데……?"

다인이 이렇게 말하는 걸 들으며 택중이 생각했다.

'그, 그럴까?'

안 그래도 유진을 만나러 갈 때면, 조금 마음에 걸리는
부분이기도 했다.

'진아를 만날 때만이라도 승용차를 타면 어떨까?'

살짝 마음이 기운 상태로 그가 현관문을 나서려다 말고
걸음을 멈추었다.

바깥에선 깔깔거리며 두 사람이 재잘거리는 소리가 들려오고 있었다.

'응? 왜 이렇게 불안하지?'

택중이 한차례 고개를 갸웃거리다가 방 쪽으로 시선을 던졌다.

그러더니, 갑자기 안쪽으로 뛰어 들어갔다.

잠시 뒤 마당으로 나온 그의 한쪽 어깨에 작은 가방이 메어져 있었다.

'오늘만 가져가도록 할까?'

처음이었다.

중원과 현대를 오가게 된 뒤, 라디오를 가지고 외출하는 것은……

그만큼 불안했던 것이다.

하지만 이렇게 가방 안에 라디오를 넣고 나서니 마음이 차분해지며 안심이 되는 그였다.

그렇게 그가 현관문을 열고 트럭 위에 오르고 있을 때였다.

치이이이이익.

그의 가방 안에서 전파음이 흘러나왔다.

동시에 가방에 들어 있는 라디오의 디스플레이 창이 시뻘

건 핏빛으로 물들어 있었다.

그러나 택중은 알지 못한 채, 시동을 켤 뿐이었다.

한차례 차가 덜컹거리고, 엔진이 돌기 시작하자 그가 외쳤다.

"자, 가 볼까?!"

택중의 외침에, 두 여자가 환호성을 내지르고 이내 트럭은 앞마당을 빠져나와 비포장도로를 달리기 시작했다.

그로부터 한 시간 뒤, 세 사람을 태운 트럭이 강남구 삼성동 한복판에 나타났다.

그곳에 있는 거대빌딩 지하주차장에 트럭을 세운 뒤, 그들은 지하에 있는 영화관으로 향했다.

얼마 후 시사회가 열리는 곳으로 들어가니, 영화가 시작하려 하고 있었다.

세 사람이 안내를 받아 착석하자, 곧바로 상연하기 시작했다.

2시간이 채 안 되는 시간이 흐르고, 영화가 끝났을 때 여기저기서 박수가 터져 나왔다.

유진 역시 눈물을 글썽이며 손뼉을 쳤다.

팟!

그때 불이 켜지며 사람들이 일어나는 게 보였다.

많은 사람이 왁자지껄 떠들며 얘기를 나누는 모습이 눈에 들어왔다.

"사람 많네."

택중의 말에 다인이 웃더니 말했다.

"그러게. 생각보다 많이 왔나 보네."

"와! 맥 다니엘이다!"

유진이 눈을 빛내며 소리치자, 택중이 흘끔 쳐다보았다.

'응? 저 사람은……'

분명 영화 속에서 다인의 상대역을 맡은 배우.

금발의 남자는 단지 잘생긴 것만이 아니라, 어딘지 모르게 스마트한 느낌이 들었다.

'꽤 인기 있는 배우인가 보지?'

유진의 반응도 그렇고, 여기저기서 터지는 카메라 플래시도 그렇고.

그때 저만치서 매니저가 다인을 발견하곤 다가왔다.

"아, 오셨습니까?"

그가 택중에게 가볍게 인사를 하더니, 다인을 이끌었다.

"안 그래도 찾고 있었습니다. 서두르시죠."

매니저를 따라가며 다인이 고개만 돌린 채 말했다.

"조금 이따가 봐."

"응. 언니! 잘해!"

유진 손을 흔들고, 다인이 관람석 사이로 난 통로를 내려가 단상 쪽으로 향하고 있을 때였다.

"큭!"

갑자기 택중이 신음했다.

"왜 그래, 오빠!"

놀란 유진이 소리치자, 주위에 앉아 있던 사람들이 그들을 쳐다보았다.

때마침 단상 위에서 출연 배우들이 막 마이크를 잡고 말문을 열고 있을 때였다.

"아, 아냐. 괜찮아. 그냥 좀 머리가 아파서   ."

"정말 괜찮아? 내가 가서 약 사 올까?"

"괜찮대두. 신경 쓰지 마."

택중이 애써 웃으며 말했지만, 유진은 걱정스러운 표정을 지우지 못했다.

"시작한다."

화제를 돌리고자, 택중이 말하자 그제야 유진이 앞쪽으로 시선을 향했다.

아닌 게 아니라 단상 위에선 다인이 말하고 있었다.

영화 소개와 함께 촬영 시 있었던 재밌는 에피소드를 말하고, 기자들이 이런저런 질문을 던지고 있을 때였다.

'크윽!'

또다시 밀려드는 두통에 택중이 이를 악물었다.

그리고 고개를 숙인 그는…….

'컥! 이, 이건……?'

두 손을 들어 눈앞으로 가져간 그의 눈이 휘둥그레지고 말았다.

'투, 투명해지고 있다?'

손이 흐릿해지며 아래쪽이 그대로 투과해 보이는 게 아닌가.

놀란 택중이 한차례 침을 삼켰다.

"오, 오빠? 괜찮아?"

걱정스러운 듯 유진이 묻자, 택중이 얼른 두 손을 등 뒤로 감추며 일어섰다.

"아! 괜찮아! 유진아, 오빠 화장실 좀 다녀올게."

"으…… 응."

"금방 올게."

그렇게 말하곤 밖으로 빠져나가는 택중이었다.

하지만…….

비틀.

문을 열리기도 전에 휘청이고 마는 택중.

그가 안간힘을 써서 문손잡이를 잡고 밀었다.

신음을 참으며 밖으로 나온 그가 선 채로 굳고 말았나.

두 손을 들어 올린 채 시선을 고정하고 있는 택중. 그가 중얼거렸다.

"대, 대체 무슨 일이 벌어지고 있는 거야!"

비틀거리며 나아간 택중이 주위를 살폈다.

'이대론 안 돼! 이런 걸 다른 사람들한테 들켰다가는…… 큭!'

밀려드는 두통을 참으며 택중이 움직이기 시작했다.

엘리베이터를 타고 지하주차장으로 향하는 택중. 이윽고 주차장에 도착한 그는 서둘러 트럭을 찾았다.

잠시 뒤 트럭에 오른 그는 문을 닫고는 참았던 비명을 내질렀다.

"끄악!"

머리를 두 손으로 움켜잡고 괴로워하던 그가 머리를 들어 핸들을 처박았다.

"끄아아아아아!"

이마에서 피가 나고 있었지만, 그는 조금도 개의치 않았다.

두통이 너무 심해서 아무것도 생각할 수 없었던 것이다.

뿐만 아니라, 그의 두 손은 이제 반투명한 정도를 넘어서 투명하게 변해 있었다.

얼굴도 마찬가지.

온몸이 투명하게 변하고 말았다.

거기다가 그는 마치 점멸하는 전구처럼 깜빡거리기까지 했다.

그럼에도, 택중은 아무런 생각도 하지 못했다.

그저 고통 속에 울부짖을 뿐이었다.

"으아아아아아아아아아악!"

절규하던 택중이 갑자기 머리를 쳐들었다.

어느새 그의 눈동자는 시뻘겋게 물들어 있었다.

고통 때문에 실핏줄이 터진 것이다.

그런데도 택중은 더 이상 비명을 지르지 않고 있었다.

대신 주머니에서 열쇠를 꺼내어 시동을 켰다.

부릉!

엔진이 흔들리며 시동이 걸리자, 그는 조금도 망설이지 않고 핸들을 잡았다.

텅!

트럭이 지면을 박차며 앞으로 쏘아졌다.

끼이익!

우레탄 바닥을 미끄러지는 트럭의 바퀴가 검은 자국을 남기며 쏜살처럼 달려 나갔다.

주차장을 무섭게 달려 건물 밖으로 나간 트럭은 이내 도로를 질주하기 시작했다.

빵! 빠잉!

여기저기서 다른 차들이 경적을 울리고 있었지만, 택중은 신경 쓰지 않았다.

그저 액셀러레이터를 밟고 앞만 쳐다보고 있을 뿐이었다.

그런 그의 얼굴이 흐릿하게 변해서 반투명한 모습을 하고 있었다.

그렇게 얼마나 시간이 흘렀을까.

끼익!

마침내 트럭이 멈추고, 그가 헐떡거렸다.

"끄…… 끄끅."

거친 숨을 토해 내며 격렬하게 떨어 대던 택중이 트럭 문의 손잡이를 향해 손을 뻗었다.

고농 속에서도 안간힘을 쓰며 손잡이를 움켜쥐는 네 성공한 그가 이를 악물고 문을 밀었다.

터덩!

문이 열리는 순간, 그가 미끄러지듯 밖으로 나갔다.

철퍽!

자리에 주저앉고만 택중이 비명을 내질렀다.

"끄아아아아아아아아아아아아아아아!"

결국, 참지 못하고 절규하는 택중. 그가 걸어 매고 있던 가방 안에서 붉은빛이 터져 나온 것도 그때였다.

그 순간, 그의 몸에서도 빛이 터졌다.

번쩍!

그리고 빛이 사그라졌을 때, 그곳엔 아무것도 없었다.

그저 바닥에 새겨진 바퀴 자국만 있을 뿐이었다.

*　　　　*　　　　*

팟!

눈앞이 밝아지는 순간, 택중은 바닥에 곤두박질치고 말았다.

"으악!"

지면에 얼굴을 처박으며 신음 흘린 택중이 바닥에서 헤엄
치듯 발버둥 쳤다.

그때였다.

"놈들을 막아!"

어디선가 들려오는 외침에 택중이 고개를 쳐들었다.

그 순간, 누군가와 눈이 마주쳤다.

"어?"

"고 공자님!!"

은설란이었다.

깜짝 놀란 택중이 눈을 깜빡거렸다.

'여긴……?'

중원?

어떻게 이런 일이?

방금까지 현대에 있었는데?

대체 무슨 일이 벌어진 거지?

영문을 알 수 없어 고개를 갸웃하는 택중의 귀에 은설란의 외침이 들려왔다.

"조심해요!"

"헉!"

화들짝 놀란 택중이 허리를 비틀었다.

쐐액!

그 순간, 그의 얼굴을 스쳐 가는 빛살.

퍽!

바닥에 꽂히는 화살을 발견한 택중이 경악하고 있을 때였다.

"죽여라!"

"으악!"

"사수하라! 절대로 놈들을 집안으로 들여선 안 된다!"

소란스러운 소리가 그의 귓가를 때리고 있었다.

아니, 그 정도가 아니다.

아비규환!

깜짝 놀란 택중이 주변을 돌아보았다.

'……!'

또다시 놀라지 않을 수 없었다.

'집?'

그것도 앞마당.

게다가 트럭도 보였다.

'아! 혹시……?'

영화관에서 트럭에 오른 것까지는 기억하는데…….

그렇다면…….

'나도 모르게 집까지 운전해서 왔다는 건가?'

그건 그렇고……. 이게 대체 무슨 일이지?!

'뭐, 뭐야!'

여기저기에서 싸움이 벌어지는 광경을 보니 절로 입이 벌어졌다.

뿐인가.

쐐액!

화살이 날고, 비명이 들려왔다.

창! 창! 창!

맑은 쇳소리도 들려오고 있었다.

혼전도 그런 혼전이 없다!

'……어떤 놈들이지?'

예전처럼 또다시 괴한들이 들이닥친 건가 싶어서 눈살을 찌푸리던 택중은 한 가지 사실을 깨달았다.

'저, 저건?'

눈앞에서 싸우고 있는 자들. 한쪽은 틀림없는 흑사련의 무인들이다.

이제껏 자신의 집을 지키던 자들이니 의심할 여지가 없다.

그리고 다른 한쪽은······.

"저, 정도맹?"

복면 따윈 쓰지 않았다.

대신 정(正)이라는 글자가 쓰인 머리띠를 두른 채 거칠게 칼질을 하고 있었다.

하지만, 어째서?

여기 군산, 그러니까 흑사련의 본거지라 할 수 있는 총단에 섣부맹이 밀어닥쳤다고?

그것도 정체를 숨기지 않은 채?

의아해진 택중이 고개를 갸웃하고 있을 때였다.

휙!

뒤쪽에서 바람이 일었다.

"······?"

자신을 막아서는 은설란을 향해 택중이 물었다.

"왜?"

"고 공자님은 어서 피하세요!"

"어, 어디로?"

"일단 여기서 벗어나야 해요!"

대체 얼마나 위험하기에, 저러는 걸까.

택중이 새파래진 얼굴로 입술을 달싹거렸지만, 은설란의

외침에 묻혀 버렸다.

"어서요! 한시가 급해요!"

"그, 그럴 수는……. 가려면 은 소저도 함께……."

"그건 안 돼요! 놈들을 막으려면……."

더 이상 말하지 못하고 입술을 잘근거리는 은설란. 그녀를 보며 택중이 소리치려 하는 순간.

콰과과광!

어딘가에서 엄청난 폭음이 들려왔다.

"큭! 기어이!"

은설란이 이빨을 갈며 소리쳤다.

그리고 흑사련의 중앙 쪽으로 시선을 던졌다.

그곳은…….

'흑사련주가 머는 곳……!'

택중이 련주의 처소가 있는 방향을 노려보며 신음을 흘렸다.

〈『신병이기』 제5권에서 계속〉